Ami Boué

Über den Begriff und die Bestandtheile einer Gebirgskette, besonders über die sogenannten Urketten, sowie die Gebirgs-Systeme-Vergleichung der Erd- und Mondes-Oberfläche

Antigonos

Ami Boué

Über den Begriff und die Bestandtheile einer Gebirgskette, besonders über die sogenannten Urketten, sowie die Gebirgs-Systeme-Vergleichung der Erd- und Mondes-Oberfläche

Unveränderter Nachdruck der Originalausgabe von 1874.

1. Auflage 2024 | ISBN: 978-3-38634-873-7

Antigonos Verlag ist ein Imprint der Outlook Verlagsgesellschaft mbH.

Verlag: Outlook Verlag GmbH, Zeilweg 44, 60439 Frankfurt, Deutschland, info@outlook-verlag.de
Vertretungsberechtigt: E. Roepke, Zeilweg 44, 60439 Frankfurt, Deutschland
Druck: Libri Plureos GmbH, Friedensallee 273, 22763 Hamburg, Deutschland

Über den Begriff und die Bestandtheile einer Gebirgskette, besonders über die sogenannten Urketten, sowie die Gebirgs-Systeme-Vergleichung der Erd- und Mondes-Oberfläche.

Von dem w. M. Dr. A. Boué.

Vorgelegt in der Sitzung am 26. März 1874.)

Gebirgsketten bilden in der Geographie sowohl als in der Geologie einen Hauptgegenstand der Beschreibung, und doch herrscht in individueller Hinsicht über diesen Ausdruck und sowie besonders über seine Ausdehnung keineswegs eine Einigkeit der Meinungen, und dieses wohl bemerkt unter den Geographen ebensowohl als unter den Geologen. Unstreitig ist denn doch, dass ohne physikalisch-mathemathische Geographie in Lehrbüchern über Geologie nicht vollständig verhandelt werden kann, indem eine solche Geographie ohne die geologischen Grundkenntnisse eine halbe Wissenschaft bleibt.

Ist ein Gebirge ein Stück der erhöhten Erdoberfläche, welches nach dem Umfange und der Höhe durch verschiedene wohlbekannte Benennungen unterschieden wird, so bleibt eine Gebirgskette immer eine mehr oder weniger lange Reihe von Bergen. Wenn diese Definition weder bei Geographen noch Geologen Anstoss erregt, so sind letztere bei der Frage über die allgemeine Form und besonders über die mögliche Ausdehnung eines Gebirges ganz und gar nicht alle einig. Die Ursache dieser Meinungsdivergenz, nicht nur unter Geographen und Geologen, sondern auch separat unter jede dieser beiden Classen von Gelehrten hängt leider mit Theorien oder Ansichten über die Bildung der Erdoberfläche zusammen. Man kann einmal ohne letztere Gedankenschlüsse das Studium der Gebirgsketten nicht ganz objectiv durchführen.

Nach gewissen Gelehrten wären die Hauptketten nur eine krystallinisch-chemische Urbildung der Erdoberfläche, zu welcher dann später sedimentäre Nebengebirge sowie Hügelreihen sich angelehnt und beigesellt oder erstere selbst überdeckt hätten, indem hie und da sogenannte plutonische sowie vulkanische Gesteine dazwischen aus dem Erdboden herausgekommen wären und zu gleicher Zeit manchmal durch Hitze, Wasser u. s. w. chemische Contactveränderungen hervorgerufen hätten. In letzterer Hinsicht hätten Mineral-, besonders Thermalquellen eine wichtige Rolle gespielt, welchen wir unter andern vieles Nützliche und die für die Menschheit so wichtigen Metallgänge zu verdanken hätten.

Andere Gelehrte pflichten diesen Meinungen meistens bei, aber negiren den ersten Theil davon, weil sie glauben, Thatsachen zu besitzen, welche eine andere Art der Bildung der krystallinischen Urgebirge anzeigen sollen. Sie können nicht zugeben, darin nur einen chemischen Process, wie denjenigen eines krystallinischen Salzes, sehen zu müssen, indem sie im Grossen die Kanten eines selbst complicirten vielkantigen Krystalles (Pentagonal-Dodecaëder des Hrn. von Beaumont, Tetracontaëder oder Octaëder des Hrn. von Hauslab) darin ganz und gar nicht erkennen wollen. Ihnen scheint wahrscheinlicher, dass die älteren krystallinischen Schiefer grösstentheils wenigstens thermo-chemische metamorphosirte Mineralfragmente, oder wenn man will durch Decomposition sowie durch mechanische Gewalt gebildete Ueberbleibsel einer viel älteren Felsennatur sein werden, welche letztere metamorphosirt wären.

Aus diesen Widersprüchen entsteht denn schon ein wichtiger Unterscheidungsfactor für die verschiedenartige Beurtheilung der eigentlichen Natur einer Gebirgskette. Aber dieser Contrast der Meinungen erhöht sich um vieles, wenn man bedenkt, dass Gelehrte noch nicht über die Art der ersten Bildung unseres Planets einig sind. Die Einen glauben namentlich noch an einen kalten Erdkörper, oder wenigstens an einen, welcher es ganz mit der Zeit geworden ist: La Place's schöne Theorie der Bildung unseres Sonnensystems mundet ihnen nicht, so dass sie unmöglich die mathematisch bewiesenen Schlüsse annehmen können, zu welchen ihre Gegner durch die Auseinandersetzung der La Place'schen Theorie sowie durch vulkanisch-plutonische Beobachtungen und die bekannten Temperatur-verhältnisse des Innern der Erdrinde gekommen sind, um daran selbst fest zu glauben.

Natürlich finden die La Place'schen Gelehrten in jenem cosmischen Systeme die Möglichkeit einer ganz andern Erklärungsweise für die Bildung der ersten Erdkruste.

Die Theorie der Bildung unseres Sonnensystems nach La Place's, Fourier's und Poisson's Grundsätzen bildet das Fundament der jetzigen Geogenie unseres Erdballs, weil diejenigen, welche sie annehmen, für alle Hauptphänomen der Erde Ursachen vorbringen können, welche mit unsern physikalisch-chemischen Kenntnissen der jetzigen Zeit harmoniren. Im Gegentheil diejenigen, welche solches System noch als Gehirnphantasie kritisiren, schreiten nur zu Erklärungen, wodurch sie die jetzt erlangten wissenschaftlichen Wahrheiten theilweise zu verkennen sich berechtigt glauben oder sich solche nicht vollständig angeeignet haben. Für diese Classe von Gelehrten ist meine vorgelegte Abhandlung nicht geschrieben, weil sie ihnen nur als die Ausgeburt eines Verrückten vorkommen muss.

Vulkane und grosse Erdbeben finden nur in der Hypothese eines theilweise noch feuerflüssigen Innern unserer Erde eine scheinbar reelle Erklärung, wenn man die Attraction des Mondes dazu berücksichtigt.

Die Hitze der Thermalwasser ist meistens nur eine Hitze-Ausstrahlung des Innern der Erde, und nicht nur ein Resultat von chemischen Processen, wie z. B. die Zersetzung des Eisenkieses, des Gypses und überhaupt das Resultat einer Hitzehervorbringung, welche durch neue chemische Verbindungen hervorgerufen wurde. Auf der andern Seite liefert die Beständigkeit und Seculardauer vieler Thermalquellen den Beweis, dass ihre Wärme nur aus einer fast unversiegbaren Ursache und nicht von einer solchen abstammt, welche, möchte sie auch die eine oder die andere chemische sein, nicht ewig dauern kann.

Übersieht man endlich den wahrscheinlichen Ursprung der Felsarten, so findet man in der plutonischen Ansicht der innern Wärme der Erde einen Erklärungsfactor, welcher allen andern Theorien fehlt und allen den neuern physikalischen und chemischen Kenntnissen entspricht. So z. B.

können wir uns die erste Erdoberfläche nur als mit Kratern, Lava und Schlacken bedeckt vorstellen, über welcher metallische Dünste in der Luft schwebten. Die Bildung der kohlensauren Erdausdünstungen sowie die Schwängerung gewisser Wasser mit Kohlensäure wird wahrscheinlich nur durch Wirkung der Kieselsäure auf Carbonate unter einer Hitze nicht unter 100° erzeugt, obgleich die Natur auch andere Mittel besitzt, um solche Gasarten frei zu machen oder zu entwickeln. Die Hitze, verbunden mit Wasserdämpfen und Druck einer mit Gasarten und Dünsten geschwängerten Luft, musste fähig sein, viele krystallinische Gesteine zu erzeugen, indem die Kiesel und Alkalien enthaltenen Siedewässer sowie electromagnetisch - chemische Kräfte dabei mithalfen. Ohne diese Voraussetzungen bleiben die ehemaligen Bildungen ein wahres Räthsel und ihre sogenannte Erklärung gab dann oft zu den grössten chemischen Unsinnen seitens Unberechtigter Anlass. (Vergleiche Th. Sterry Hunt's Chemisch-theoret. Ansiehten über die Geognosie der älteren Theile der Erdkruste; On some points of chemical geology, Montreal 1859; Report on the chemistry of the earth, Washington 1871 und Dr. Ad. Knop: Studien über Stoffwandelungen im Mineralreich, besonders in Kalk und Amphiboloid-Gesteinen, 1873.)

Die sedimentären Bildungen bestehen und können auch nur meistens aus wagrechten oder höchstens wenig geneigten Schichten bestehen, deren Neigungswinkel meistens 5 bis 10 und 15°, aber auch 20—30 und selbst 45° in gewissen beschränkten Fällen betragen. (Siehe Bull. Soc. geol. 1849; N. F. Bd. 7. S. 45.) Daraus haben die meisten Geologen schliessen müssen, dass sehr geneigte Formationen dieser Classe solche Stellung nur durch Hebungen, Senkungen oder Rutschungen haben nehmen können. Es gibt aber noch leider Gelehrte, welche für die Hervorbringung der sogenannten Schichtungs-Störungen der sedimentären Gebilde nur die zwei der drei möglichen und zugleich wirkenden Ursachen jener annehmen wollen, namentlich einige wenige nur die der Senkungen, aber viele nur die der Rutschung. Die erstern sind ganz ausschliesslich in ihrer Meinung, indem die andern alle die von ihren Gegnern angenommenen Senkungen und besonders Hebungen negiren. Wenn man aber diese theoretischen Differenzen der Meinungen auf die Bildung der sogenannten krystallinischen Gebirgsketten anwendet, so kommt man zu den grössten Fällen des theoretischen Antagonismus.

Die sogenannten Urgebirge bilden bekannterweise die meisten der höchsten Gebirge der Erde, könnte man wirklich darin nur krystallinische Inkrustationen der Erde sehen oder wenigstens ohne Hebung, Senkung und Rutschung ihre chemisch-wässerigen Bildungen annehmen, so würde es nicht sonderbar scheinen, wenn gewisse Geologen selbst alle diese Gebirge einmal von einer Hülle von Wasser umgeben sich denken konnten. (Siehe Conybeare, Ann. of phil., 1830, 3 F., Bd. 8 und alle Geologen, welche an der Wahrscheinlichkeit der biblischen Erzählungen hängen bleiben.)

Natürlich ist es für diese Hypothese nicht einerlei, ob dieses Wasser unser Meerwasser, oder selbst durch Salze aller Gattungen sehr geschwängert war. In diesem Falle konnte man als Corollar daraus schliessen, dass jene krystallinischen Erhabenheiten der Erdoberfläche durch die Bewegungen jener Wasser sehr gelitten haben müssen, so dass man selbst durch gewisse Eigenthümlichkeiten ihrer jetzigen Formen auf die Richtungen der damaligen Wasserströmungen schliessen könnte.

In gewissen Gebirgsketten, wie z. B. in den wohl nicht sehr hohen Nordschottlands, bemerkt man unter ihren Spitzen einen eigenthümlichen Zerstörungseinschnitt, welcher immer in derselben westlichen Richtung liegt (Essai sur l'Ecosse, 1820, S. 13), als wenn eine Fluth in jener Richtung sie abgenagt hätte. Solche plastische Formen der Spitzen kommen in andern Ketten auch vor, aber man könnte für ihre Hervorbringung manche andere allgemeine Ursachen anführen. Mit der Hebung dieser Ketten aus dem Meere oder der Senkung letzterer würde aber diese Plastik wenigstens in Europa und Nordamerika am leichtesten durch Wasserströmungen sowie auch später durch den grossen Strom des nördlichen Atlantik erklärt sein u. s. w.

Als Corollar kommt denn die Meinung, dass einst viel mehr Wasser auf unserm Erdball als jetzt war, so dass man sich fragen muss, wo alles dieses Wasser hingekommen ist. Es genügt nicht, sich in dieser Hinsicht auf die Mondfläche zu berufen, wo weder Wasser noch selbst eine bedeutende wahrnehmbare Atmosphäre vorhanden sein soll; denn wie können wir vermuthen, dass einmal Wasser im Monde war? Das Wasser soll theilweise zu der Bildung der sedimentären und vulkanischen Gebilde gebraucht worden sein, indem ein anderer Theil sich in den Erdboden einsenkte und daselbst wahre Wasserläufe auf verschiedene unterirdische Horizonte gebildet hätte. Wenige Theoretiker, denen diese Erklärung nicht genügt, greifen zur Aushülfe von astronomischen Kataklysmen durch Annäherung gewisser Weltkörper der Erde u. s. w.

Unser feuerflüssiger, einst nur ganz aus Gluth bestandener Planet hätte in seinem Abkühlungs-Processe bis zur nothwendigen, verhältnissmässig niedrigen Temperatur für Wasserdampf und feste chemische Theile eine Scala von chemischen und mechanischen Bildungen durchgemacht, deren letzteres Product nach weiterer Abkühlung sehr ähnliche krystallinische Felsarten als unsere vorhandenen Urgebirgsarten hervorgebracht hätte. Die Frage bleibt dann nur, ob wir an der Erdoberfläche Spuren oder selbst Theile dieser krystallinischen zwiebelartigen Umgebungen unseres Erdkörpers noch zu entdecken vermögen und ob unsere chemischen Kenntnisse sowie die mikroskopische Petralogie es erlauben, ausser dem ganz krystallinisch geschichteten Mineralgemenge noch solche dazu zu zählen, welche sowohl in ihrer allgemeinen Structur als in der Lage einiger ihrer Bestandtheile die Merkmale einer gewissen Schichtung beurkunden.

Vor einem halben Jahrhundert glaubten viele Geologen, wie Buffon, Pallas u. s. w., noch an eine granitische Erdhülle unter dem krystallinischen Schiefer, jetzt aber hat man viele oder gar die meisten Granite als jüngere, der secundären und selbst seltener der tertiären Zeit angehörige plutonische Producte anerkannt. Einige Theoretiker und Chemiker wollen in gewissen jüngeren Graniten einen Hydrometamorphismus annehmen (siehe Appendix I). Demohngeachtet bleiben noch manche Granite in dem ehemaligen sogenannten Urschiefer als viel ältere Bildungen. Die Beweise dafür liegen in ihren geognostischen Verhältnissen mit jenen Schiefern sowie in den Granit Bruchstücken und selbst Blöcken in diesen Schiefern, wie

z. B. in dem Glimmerschiefer und Talkschiefer der Insel Islay in Schottland (Thomson, Brit. Associat. for 1870, S. 88), in Skandinavien u. s. w.

Eine Thatsache bleibt es in allen Fällen, dass überall das Meeresufer durch mehr oder weniger hohe Terrassen oder Wellen Ausspülungszeichen auf Felsen, eine Veränderung des Niveaus des Oceans andeutet. (Siehe Chambers, Ancient sea, Margins 1848.) Ob nun diese characteristische Orographie in der Nähe oder in der Entfernung des Meerwassers besteht oder ob da Terrassen mit oder ohne Alluvium erscheinen, sind nur Nebenumstände in unserer jetzigen Betrachtung.

Wer aber in der Structur der krystallinischen Schiefer nicht die wahren Zeichen oder selbst die Unmöglichkeit nur eines Krystallisations-Processes anerkennen kann, wird sich durch die alten Hypothesen nicht irre machen lassen. Diese Urschiefer haben erstlich eine so complexe Natur, dass ihre Krystallisation schwerlich mit jener eines Salzes oder Zuckers verglichen werden kann, und ausserdem, gäbe man diese Möglichkeit selbst zu, so fände man mehrere Argumente für eine Krystallisation im feuerflüssigen Wege als im nassen oder selbst sehr heissen Wasser. Diese Schwierigkeit hat auch eine gewisse Anzahl theoretischer Geologen bewogen, alle krystallinischen Urschiefer als plutonische Gebilde mit oder ohne Hülfe glühender Wasserdämpfe anzunehmen.

Die krystallinischen Kernschiefer der Erde haben aber eine solche Schichtungsstructur, welche auf dynamische Bewegungen derselben deuten, da senkrechte oder sehr geneigte Stellung ihrer Schichten und die Parzellirung der Bestandtheile ihrer Gebirge den Beweis liefern, dass sie Störungen ausgesetzt gewesen sind. In Wahrheit können nur Spaltungen, Rutschungen, Senkungen und Hebungen die Architectonik der Urschiefer-Gebirge genugsam erklären und diese Thatsache wird noch durch diejenige bestätigt, dass es auch Gegenden gibt, wo die Schichten dieser alten Gebilde wagerecht oder fast noch wagrecht sind, z. B. oberhalb Passau, im Böhmerwald u. s. w.

Wenn diese Schiefer nur neptunische Krystallisationsproducte wären, so müsste man hie und da Anhäufungen der

in ihren Schichten zerstreuten Mineralien finden und dies müsste
besonders der Fall sein, wenn man vor sich sehr geneigte
Schichten oder solche hätte, deren eingeschlossene Mineralien
ein ziemlich grosses Gewicht im Verhältniss desjenigen der gewöhnlichen andern Bestandtheile des Schiefers besitzen.

Ausser der Neigung und selbst Verticalstellung vieler
Erdschichten, selbst derjenigen, welche aus Geröllen (Valorsine-
Conglomerate, Java, Berlin, Monatsschr. für Erdk., 1850, S. 148
u. s. w.) oder Muscheln bestehen und welche gewiss in solcher
Lage nicht gebildet wurden, liefern uns die sogenannten an ti-
klinischen Stratificationen oder Linien, sowie die ver-
kehrten oder umgekehrten Lagerungen die besten Beweise von wirklich stattgefundenen Hebungen in der Erdkruste.
Die antiklinische Felsenstructur (siehe Appendix Nr. II)
kann doch nicht, wie H. Meig meint, durch Ausdehnung und
Contraction wie in Eisfeldern nur erzeugt sein, und für die ver-
kehrte Lagerung im Grossen, mögen die Fälle im kleinern Mass-
stabe durch Rutschung oder Verschiebung erklärbar, keine
rationelle Anwendung finden.

Unter den antiklinischen Lagerungen sind dieselben
der Theorie der Hebungen am günstigsten, welche man mit Recht
als Erdkopflöcher tituliren könnte. Indem Herr Elie de
Beaumont nur plutonische Felsen-Heraushebungen scheinbar
als Boutonnières characterisirt (Notice, S. 723 und 1232),
finden wir, dass diese Benennung noch besser auf solche Erd-
plätze passt, wo mehrere Formationen um einer centralen,
runden oder elliptischen ältern Masse von plutonischen oder
sedimentären Gebilden in geneigten Schichten aus der Erde
heraussehen, wie z. B. in der Trias-Hervorragung unter dem Jura
hinter dem Weissenstein bei Solothurn (Edinb. n. phil. J., 1828,
B. 4, S. 190), auf der sogenannten Flötz-Insel des Pays de Bray,
Dep. Oise (Bull. Soc. géol. Fr., 1831, B. 2, S. 1—23), in der
Lage des Weald-Gebiets im südöstlichen England, an einem
Punkte Savoyens (Alph. Favre, Rech. géol. de la Savoie,
1867, B. 2, S. 166 und B. 3, S. 178), in Kärnthen zwischen
Windisch-Kappel und Fellach (Boué, Mem. Soc. géol. Fr., 1835,
B. 2), zu Feuilla in den östlichen Pyrenäen Nach d'Archiac

(C. R., Ac. Sc. P., 1856, B. 43, S. 225), oder noch besser zwischen Berzaska, Dragoselo und Svinitza längs der Sirinia im Banat. (Tietze, Jahrb. d. geol. Reichsanst., 1872, B. 22, S. 35 u. s. w.) oder im nordöstlichen Bulgarien um Belgradschik und Topolnitza u. s. w.

Was die umgekehrten Lagerungen betrifft, habe ich seit meiner Notiz vom Jahre 1852 (Ak. Sitz., B. 9, S. 680) noch manche solche Beobachtungen gesammelt, welche ich hier im Appendix Nr. III beizufügen nützlich fand.

Wir geben gerne die Möglichkeit zu, dass gewisse Theile der Urschiefer noch von dem Anfange der ersten Verschlackung und Krystallisirung der Erdkruste herstammen, aber bis jetzt hat man nur sehr ungenügend solche ältere Ablagerungen von den grossentheils jüngern abgrenzen können.

Ein Character, an den man bis jetzt nicht gedacht hat, mag vielleicht in dem Olivin-Lager, im Gneiss und selbst Glimmerschiefer-Gebiet liegen; wenn solche eruptive Felsarten besonders unter der metamorphosirten Form der Serpentine nur nicht auch in viel jüngeren Formationen ziemlich häufig wären. Da Olivin einen Bestandtheil des Meteoreisens bildet, so konnte man auf solche Gedanken von Urfelsbildung kommen. Ehemals hatte man diese Olivinfelsarten für Augitfelse gehalten [1]; jetzt ist man über sie im Reinen und man findet sie wirklich häufig in solchen krystallinischen Schiefergebilden, welche Geologen bis jetzt als die ältesten bekannten annehmen. So z. B. berichtet Kjerulf ihre Anwesenheit in mehreren Thälern des südlichen Norwegens und fügt bei, dass sie gegen Norden häufiger werden (N. Jahrb. f. Min., 1867, S. 430). Da Serpentine sehr oft nur metamorphosirter Olivinfels sind und ziemlich oft im Gneiss vorkommen (mit Granaten in Zöblitz u. s. w., in Blöcken im Gneiss zu Lempdes, Haute Loire, nach Dorlhac (1859), so wird unsere Ansicht dadurch unterstützt. Siehe auch Tschermak, Akad. Sitzber.. 1867, 1. Abth.. B. 56, S. 261; ebendas. meine Abh., detto S. 254 u. s. w.

---

[1] Herr Delesse nennt doch noch den Lherzolit Pyroxenit (Revue der Geologie, 1871, B. 7, S. 87).

Dass aber die sogenannten Urschiefer mit den sedimentären nichts gemeinschaftlich haben, kann man wirklich mit den wohlbekannten Thatsachen nicht zugestehen, denn letztere liefern uns die deutlichsten Beweise eines allmäligen Überganges zu dem Paläozoischen, oder Pflanzen und Thierreste enthaltenden Felsschichten. Darum muss man mit einiger Bewunderung hören, dass selbst berühmte Geologen alle Urschiefer-Gebilde, die einen nur als plutonische und die andern nur als thermo-chemische anerkennen wollen.

Lassen sie uns in der Kürze die bewährten Thatsachen erwähnen, wo diese Erklärungsweise unumstössslich am Platze ist, und bemerken wir nur noch im Voraus, dass die mikroskopischen Untersuchungen der Urschiefer, mögen sie auch so günstige Auskünfte für eine neptunisch-chemische, oder electro-chemische (siehe Becquerel's Abh.), für eine plutonisch-feuerige geben, unsere Hypothese ganz und gar nicht umstossen. Denn letztere kann alle solche Entdeckungen in ihrer doppelten Eigenschaft einer neptunischen und zu gleicher Zeit plutonischen Theorie für sich selbst verwerthen. Dann müssen wir noch hinzufügen, dass wir die nackten bekanntesten Thatsachen anführen, ohne uns in ihren verschiedenartigen Erklärungen einzulassen.

Bekannt ist, dass längs vieler Metallgänge oder Felsspalten die Nebengesteine wahre Salbänder von veränderten Theilen dieser letzteren bilden. Diese sind ganz zersetzte Fels- oder Schieferarten, deren Farbe sehr verschiedenartig ist und die von den öfter grauen oder weisslichen in alle andern hellen Farben im Ganzen oder zonenweise übergehen. Wurden diese Gebirgsarten sehr eisenhaltig, so sind sie roth. Solche Salbänder finden wir hin und wieder längs gewisser plutonischer Gesteine, wie Granit, Trapp, Porphyr und Serpentin. Einen Wink zur Erklärung solcher Veränderungen gibt Herrn Nöggerath's Bemerkung über die Entfärbung der Schiefer durch Sauerlinge bei Heppingen auf der Ahr (Ann. d. Mines, 1840, 3, F. B. 18, S. 453), sowie diejenige Coquands über bunten Sandstein, welcher, wie die der Hoch- und Kalköfen entfärbt, von lockerem Gefüge, voll Spalten und in prismatische Stücke getheilt, neben dem Melaphyr bei Fréjus (Var) bekannt ist. (Bull. Soc. geol. Fr., 1849, N. F., B. 6, S. 299.) [1]

Ein sicherer Beweis, welcher auch nicht mehrere Erklärungen zulässt, ist die Veränderung der Braunkohlen in Anthracit unter Basalt, indem Trapp oder Porphyr die schwarze Kohle in Anthracit, prismatischen Coak, sowie auch seltener in Graphit verwandeln, welches letztere Product hie und da selbst säulenförmig abgesondert erscheint. (Siehe Appendix Nr. IV.)

Wie Sandstein in Kalk- und Hochöfen prismatische Absonderungen zeigt, so bemerkt man Ähnliches an Sandsteinen verschiedenen Alters sowie an Grauwacke-Schiefer, wenn sie in gewisser Nähe von basaltischen oder plutonischen Felsarten sich befinden. Der Thon erscheint dann auch nicht nur hart kieselig, aber auch manchmal prismatisch (siehe Appendix Nr. V).

Neben gewissen grossen porphyritischen Eruptionen nehmen die Thon- und Schieferarten ortsweise eine falsche Schieferstructur an, so dass sie dann in zwei Richtungen Spalten zeigen. [2]

Manche ältere Schiefergattungen, sowohl Thonschiefer als Glimmer und Kalkschiefer und selbst Gneissarten enthalten neben den Granit-, Porphyr- und Trapp-Stöcken und Gängen in vielen Gegenden krystallisirte Mineralien, besonders silicathaltige.

Es gibt selbst Sandstein mit solchen Krystallisationen, wenigstens des Feldspaths und der Hornblende, sowie verhärtete thonige Mergel, welche Granat enthalten (siehe Appendix Nr. VI).

[1] Fournet, Rubefaction der Felsarten (Ann. Soc. d'Agric., Hist. nat. de Lyon, 1843, S. 1–28; Burat, Rothe eisenhaltige Gebirgsarten neben Grün- und Schaalstein (Ann. d. Mines, 1848, 4. F., B. 13, S. 375).

[2] Falsche Schichtung: Im Thonschiefer neben Diabas zu Wissenbach, Harz (Overbeck, Mitth.. Clausthal. Naturwiss. Ver., Maja, 1856, II. 2; Sedgwick, Trans. geol. L. 1832, N. F. B. 3, S. 461; Boné, Neben Porphyr, Balahulish, Schottland (Essai sur l'Écosse, 1820, S. 48 und Guide du géologue, 1835, B. 1, S. 486); mesozoische Lager in ihrer schiefrigen Structur durch Trappgänge verändert, Virginien (Roger's Amer. Assoc., 1854, Washington). Für weitere Citate siehe Ak. Sitzber., 1850, 1. Abth., B. 50, S. 453.

Viele Sandsteine und Schiefer zeigen neben plutonischem Gesteine, besonders neben den Trapp-Gattungen, Verhärtung, Verkieselung, so dass man am Ende vor sich nur sehr kieselhaltige Lager hat. (Siehe Appendix Nr. VII.)

Kreide wurde durch Basalt- und Trappgänge im nördlichen Irland in einen groben Marmor verwandelt und anderswo, wie zu Predazzo, sieht man den Muschelkalk neben dem Augitporphyr und Granit gänzlich krystallinisch geworden und auch mit krystallinischen Mineralien vollgepfropft. (Siehe Appendix Nr. VIII.)

Um gewisse grosse Porphyr- oder Granitgänge und Stöcke liegen zwischen diesen plutonischen Eruptiven und dem Schiefer der cambrischen oder silurischen Zeit Streifen von letztern Gebirgsarten, welche mehr oder weniger metamorphosirt sind, wie Köchlin und Schlumberger es so deutlich neben den Porphyren zu Thann und im Schwarzwald beschrieben (Bull. Soc. géol. Fr. 1853, B. 11, S. 89, 96, 102; 1859, B. 16, S. 703) und Collomb es bestätigt (S. 103). Neben den Sieniten und Graniten verwandeln sich ähnliche Gebirgsarten in sehr dichte Gesteine, welche als sehr feldspathreich dem Gneiss ähneln (Loch Doon, Süd-Schottland) oder sie werden wahre Hornfelse mit oder ohne Schorl (Harz). Dieses ist die Lage der grössten Schorl-Ablagerungen, Epidot fehlt auch oft nicht. Nebst sienitischen Porphyren, sowie längs Granitgängen und Stöcken findet man grosse Ablagerungen von Idocras, Turmalin, Granat, Hornblende (Saszka, Banat), Chiastolit, Dipyrit, Couzeranit u. s. w. (Pyrenäen).

Manche ältere Schiefer, wie Glimmerschiefer, glimmerige Thonschiefer, etwas kieselige Schiefer enthalten deutliche Petrefacte. Auch fand Studer Schiefer mit älteren Steinkohlen-Abdrücken im Glimmerschiefer, Sismonda selbst ähnliche Abdrücke im sienitischen Gneiss und Igelstroom höchst bituminöse Glimmerschiefer und Gneisse. Von der andern Seite sind sehr viele Graphit enthaltende Gneisse schon lange bekannt, wie unfern Passau, im östlichen Sibirien u. s. w. (Siehe Appendix Nr. IX.)

Endlich zeigten die körnigen Kalksteine der Laurentian-Abtheilung, d. h. der ältesten krystallinischen Schieferreihe, die ehemaligen Urschiefer, Überbleibsel von organischen Wesen, nament ich die sogenannten Eozoonen sowie auch Crinoiden (siehe Appendix Nr. X).

Nach allen diesen Beweisen des Metamorphismus ist es unmöglich, den Gelehrten beizupflichten, welche wie Alex. Brongniart (C. R. A. d. S. P. 1837, B. 5. S. 59[1] und Herr Alphonse Favre (Rech. géol. de la Savoie, 1867, B. 3, S. 324—332) u. s. w. diese Theorie nur als eine Phantasie behandeln. Wie weit man aber die Wirkung der metamorphosirenden ehemaligen Urschiefer ausdehnen kann, ist eine bis jetzt unmöglich zu beantwortende Frage, aber demohngeachtet scheint es mir erlaubt, grosse Massen jener Schiefer schon als sehr wahrscheinlich metamorphosirt anzunehmen, wenn namentlich die Reihenfolge der Gebirgsformationen grosse Lücken zwischen den sedimentären oder jüngern paleozoischen und den sehr krystallinischen, sogenannten Urschiefern wahrnehmen lassen.

Könnte man aber in den metamorphischen Umwandlungen gänzliches Zutrauen zu den Ansichten des Herrn Dr. A. Knop haben (vide supra seine Studien über Stoffwandelungen), welcher selbst die Metamorphose der Kalksteine in Hornblende vertheidigt, so hätte man vereinigt mit den gefundenen Petrefacten im körnigen sogenannten Urkalk eine weitreichende Erklärung der jetzigen Bestandtheile und Structur der krystallinischen Schiefermassen.

Überhaupt je mehr sich die Beobachtungen anhäufen, je schwieriger wird es, die Grenze zwischen dem wahren Azoischen und Organisches enthaltenden Gebirgsmassen zu ziehen. Auf

---

[1] „Ces idées de transformation et de passage d'une roche à une autre sont du nombre de celles qui viennent à tout le monde, mais elles peuvent rarement soutenir un examen critique et sérieux et tombent presque toujours dans le vague lorsqu'on en demande les épreuves." Auf diese lächerliche Weise zeigte Herr Brogniart im Jahre 1837 seine Parteilichkeit. Seine alberne Bemerkung richtete sich eigentlich gegen Virlet Bull. Soc. géol. Fr., 1835, B. 6, S. 316), aber auch gegen uns, da wir für die Theorie des Metamorphismus genug Beweise und wissenschaftliche Erklärungen gegeben hatten (Ann. Se. nat. 1824. B. 2, S. 417.—423). Academien, Coterien und Parteilichkeiten scheinen aber fast Synonymen zu sein, wie die Pariser Akademie in der Frage des Darwinismus es wieder jetzt beurkundet.

diese Weise kann es sich ereignen, dass, was in einer Kette eine Verlängerung des Thon- oder Glimmerschiefers, oder selbst des Gneiss scheint, doch in Wirklichkeit aus zwei Bildungen bestehe, namentlich einer azoisch-uralten und einer späteren, nur durch Metamorphismus nachgebildeten. Auf diese Art könnten denn doch die in Schweden beobachteten Gneisse mit Anthracit oder Kohlenstoff, der sogenannte bituminöse Gneiss, oder selbst diejenigen mit Graphit, wie in Nord-Schottland, in den Vogesen, zu Passau, Ost-Sibirien u. s. w. einst Pflanzen-Überbleibsel enthaltende sedimentäre Gebilde sein? Wäre es hie und da erlaubt, darin nur Cambrisches oder Silurisches anzuerkennen, obgleich solche Carbon-Stoffe auch ihren chemischen Ursprung in Kohlensäure und Kohlenwasserstoffgas haben könnten?

Nach dieser Auseinandersetzung über Urschiefer, ihrer wahrscheinlichen Bildungsart und der allgemeinen Structur ihrer Berge durch dynamische Urkräfte, ist es unmöglich anzunehmen, dass das Meerwasser jemals so hoch als jene jetzigen Urketten stand. Organische Überbleibsel auf hohen Gebirgen finden sich nur daselbst in steil aufgerichteten Schichten, wo die anomale Lage der Pflanzen, der Mollusken u. s. w. schon genugsam eine Hebung der Felsarten andeutet. Liegt das Organische noch in seiner ursprünglichen horizontalen Lage, so wird seine Hebung durch die vorhandenen identischen Schichten in vergleichender, sehr tiefer Lage bewiesen.

Diese Unmöglichkeit der oceanischen Wasserstände würde sich noch mehr steigern, wenn wirklich am Uranfange der Bildung der starren Erdkruste die mit Kratern bedeckte Oberfläche Ähnlichkeit mit derjenigen des Mondes gehabt hätte, wie wir es weiter unten sagen werden. Da die Mondberge höher als die unserer Erde scheinen, so würde man glauben können, dass die Ränder der damaligen Krater viel höher als alle unseren jetzigen höchsten Gebirge gewesen sein konnten. Patrin's Meinung wäre dann die richtige (siehe Dict. d'Hist. nat., Déterville 1803). Durch diese Hypothese würde man zu gleicher Zeit ein Fingerzeichen über die Weise bekamen, woher eine solche Masse von Felsenfragmenten herkamen, um die Bildung der Mächtigkeit und Ausbreitung der ältesten Schiefer zu ermöglichen.

Auf der andern Seite nimmt man die Hebungstheorie an, so folgt daraus, dass nach der grossen Zerstörungsperiode der ersten starren Erdkruste, die durch solche Kräfte erzeugten Gebirge immer an Höhe haben gewinnen müssen. Eine Hebung hätte die letzteren höher getrieben, daher das Axiom: je höher jetzt ein Gebirge ist, je jünger ist die Entstehung seiner letzterreichten Höhe.

Wer aber Hebung zugibt, muss auch Senkungen voraussetzen, denn sonst würde diese Theorie unvollständig bleiben. Auf diese Weise wird man auf das einfache Corollar des bathographischen Schlusses über die Tiefe der Oceane geführt. Diese letztere wächst proportional mit der Höhe der Gebirge nach der Reihenfolge der geologischen Zeiten. Wenn man für den Ur-Ocean eine mittlere Tiefe von nur 1000 oder 1500 Fuss approximativ annehmen konnte, so wüchse dieser Werth mit dem Alter der Erde, um endlich in unserer Zeit fast über den mittlern Werth der Höhe der höchsten Erhabenheiten der Erdoberfläche zu reichen.

Was nun die Behauptung eines viel grössern Wasserquantums einst auf der Erde als jetzt betrifft, so werden die angeführten Beweise dafür schon theilweise durch die Annahme von Continental- und Kettenhebungen in den geologischen Zeiten genugsam, nach der Schaukel-Theorie, erklärt, aber dazu kommt noch, dass die nur in ganz neuern Zeiten gebildeten Polareis- und Schneemassen einen ziemlich bedeutenden Theil des ehemaligen grössern Wasserquantums repräsentiren. Als man ehemals sich die Bildung des erstarrten Wassers in Polargegenden nur als eine paläozoische Umwandlung dachte, so konnte man kaum diese grosse Eisfläche zur Erklärung der Verminderung des Meerwassers annehmen; aber jetzt, wo bewährte Gelehrte uns Bruchstücke des Secundären, ja selbst des neuern Tertiären um die Pole entdeckt haben, so können wir keinen Zweifel mehr haben, dass Schnee und Eis grosse Landstrecken daselbst nur nach der Tertiärzeit ewig bedeckten. Auf diese Weise gewinnen wir aber in jenem Schnee- und Eisquantum schon ein hübsches Äquivalent zur möglich gewordenen oceanischen Wasserverminderung. Dann muss man noch überdies als Wasser alle die ähnlichen Massen dazu rechnen, welche heutzutage in der gemässigten und tropischen Zone unsere Gletscher und Schneeberge ausmachen und welche damals auch fehlten.

Endlich, mit der allmäligen Vertiefung des Bettes des Oceans sowie mit dem proportional Schritt haltenden Höherwerden der Berge fanden aber sehr wahrscheinlich gleichzeitig bedeutende Länder-Versenkungen in der Südsee sowie in dem Atlantik und dem Indischen Meer statt. Eine solche schon oft vorgetragene Voraussetzung ist allein fähig, gewisse Anomalien in der Verbreitung des Pflanzen- und Thierreiches sowie der Menschenrace zu erklären. (Siehe Oskar Peschel, Völkerkunde, 1874, u. s. w.)

Nach diesem Allen und dem Vorhergesagten scheint es doch sehr gewagt, behaupten zu wollen, dass selbst ohne grosse Annäherung eines Himmelskörpers das Wasser der Erde nach und nach verschwunden ist und verschwinden wird, wie man es im Monde, nach Muthmassung, geschehen lässt.

Dieses Thema führt zu einer andern heiklichen Frage, ob die Continente und Oceane des Erdballs wohl immer ungefähr dieselbe Configuration als jetzt gehabt haben. Die neptunischen Theoretiker, welche die höchsten Gebirge einst unter Wasser und durch Strömungen abgenagt sich einbilden, wollen nur wenige Veränderungen in den äusserlichen Formen der Continente zugeben, indem es doch noch viele andere als die schon erwähnten Thatsachen dieser Meinung widerstreiten.

Die meisten Geologen aber huldigen der entgegengesetzten Meinung, weil sie von ganz andern Ansichten über die Urbildung des Innern und Äussern unseres Planets sowie über die allmäligen Metamorphosen der Erdrinde überzeugt sind. Dann stellen sie das mathematisch richtige Princip voran, dass, wo Hebungen geschehen, Senkungen natürlich auch entstehen müssen, wenn wenigstens im Hebungscentrum eine keineswegs ganz erstarrte feuerflüssige Materie angenommen wird. Möchte man sich ein starres Innere der Erde denken und doch daselbst Hebungen durch unbekannte Ursachen zugeben wollen, so könnte kaum eine mit so viel Erhebungen bedeckte Erdoberfläche entstanden sein, obgleich man die Möglichkeit zugeben könnte, dass einige Felsmassen durch eine unbekannte innere Kraft oder selbst durch Attraction eines Himmelskörpers, übereinander emporgehoben werden konnten. Aber wie viele leere Räume würden zwischen solchen Massen bleiben, wie lange würde diese Aufthürmungsart dauern können und vorzüglich auf wie viele Plätze der Erde könnte man solches problematisch Unwahrscheinliche anwenden.

Nimmt man aber zur Erklärung der Continente sammt ihren Ketten und Bergen sowie der Oceane und Meere mit ihren Inseln seine Zuflucht zu Hebungen und Senkungen, so wird der Schluss unfehlbar der sein, dass unsere jetzigen Continente sowie Meere nicht ihre älteren Configurationen zeigen. dass diese im Gegentheile sehr verschiedenartig in den meisten geologischen Perioden waren und auch der Theorie nach sein mussten. Hebungen und Senkungen in der starren Natur haben fast gleiche Werthe, das ergibt sich aus der Vergleichung der hypsometrischen Messungen der Gebirge mit den in den Meeren gewonnenen bathometrischen Resultaten.

Der Grund der Oceane zeigt dieselbe Plastik als der der Continente. Die relativ sehr ungleiche Grösse der Oceane und der über ihre Wasser erhabenen Erdtheile ändern an der eben formulirten Proposition gar nichts, denn die grössere Menge von flüssigen gegen die ganz obersten Theile der erstarrten Erdkruste stammen nur daher, dass im Ursprung die Erde von einer ungeheuern gasartigen Hülle umgeben war, welche später sich in Wasser und Luft verwandelte, indem die feste Erdmaterie sich immer mehr und mehr zusammenzog, weil ihre Oberfläche sich abkühlte und dieses Hitzequantum in dem Weltenraume sich verflüchtigte.

Wie schon gesagt, zeigen die Umrisse aller Continente sehr ausgedehnte steile Meeresufer von sehr verschiedener Höhe, und dieses Verhältniss ist noch auffallender an allen Enden ihrer Ketten, wenn diese die Oceane erreichen. In letzterem Falle fehlt meistens der flache Rand, welcher oft zwischen dem Meere und dem steilen Abhange der Uferberge und Plateaus vorhanden ist, wie man es besonders an einem grossen Theil Afrikas und an der westlichen Küste Indiens bemerkt.

Unsere Gegner behaupten wohl, dass diese steilen Böschungen nur ein Resultat der nagenden Wirkung der Meeresfluthen und Strömungen sind und dass eine auch aus verstörtem
Festlande bestehende wenig geneigte Fläche unter dem Wasserspiegel diese Uferconfiguration begleitet. (Siehe D e l e s s e's
schöne geologische Karten der Ufer Europas und Nord-Amerikas,
1873.) Aber wenn solche Fälle vorkommen, so sind wenigstens
ebensoviele Fälle vorhanden, wo tiefes Wasser neben dem
steilen Ufer besteht, wie z. B. an mehreren Örtern der dalmatinischen Küste, im mittelländischen Meere u. s. w.

Die Uferenden der Plateaus sowie besonders die Ketten tragen
nur zu oft alle Charaktere eines durch Gewalt gehobenen Stückes
der Erdoberfläche oder eine S e n k u n g h a t v o n d e m G e b i r g e
e i n m ä c h t i g e s S t ü c k a b g e r i s s e n (Eminah-Balkan).

Was uns schon von der p l a s t i s c h e n F o r m d e s O c c a nb o d e n s weiter bekannt wurde, erlaubt auf ihre Hervorbringung
dieselben theoretischen Ansichten als auf die Orographie und
Potamographie des Continents anzuwenden. Es sind da ebensowohl Plateaus mit sehr steilen oder weniger schiefen Rändern,
grosse und kleine Gebirge, Hügelland, grosse und kleine Thäler,
Spalten und Erosionsthäler sowie Becken. Dann sieht man auf
diesem submarinen Boden eine Menge Inseln hervorragen,
welche durch ihre Isolirung, Zerstückelung, Gruppirung, ihre oft
sehr steilen Ränder nur als Fragmente grösserer Continentalmassen gelten können. Die Einwendung, dass unter diesen
Inseln die meisten vulkanischer neuerer oder älterer Natur sind,
ist keineswegs gegen unsere Meinung, weil solche Länderstücke
oft deutlich ihren abgerissenen Ursprung selbst von älteren Bildungen zeigen; so z. B. sind im griechischen Meere die Inseln
Thasos und Samothracien nur Stücke der Urschiefer des Rhodops,
und mehrere andere mehr südlich gelegene Inseln nur Fragmente
der griechischen Ketten.

Doch die auffallendsten Beweise der Zerstückelung durch
Senkungen und Zerstörungen gewährt das Vorhandensein von
Bruchstücken jüngerer, tertiärer, secundärer und paläozoischer
Formationen in Inseln. In dieser Kategorie befinden sich die
tertiären Massen von verschiedenem Alter, welche in mehreren
Inseln des griechischen Archipels, in den Antillen und dem ost-

asiatschen Archipel wohl bekannt sind. Dann die Süsswasser-
beckenbildungen in den Canarischen Inseln und in denjenigen
des grünen Vorgebirges, die Massen von Triasschichten in den
australischen Inseln, in denjenigen von Alaschka sowie in den
Inseln Nord-Sibiriens, in Spitzbergen und Novaja-Semlja; die
Zerstückelung der Lias-, Oolithen- und Kreideformationen in den
Hebriden und Nord-Irland, diejenige einer paläozoischen Kohlenformation in dem arctischen Archipel Amerikas, Novaja-Semlja,
Spitzbergen u. s. w. sowie der Kreide und Mocän an den Küsten
von West-Grönland u. s. w.

Wer konnte denn zweifeln, dass in allen diesen Insel-
gegenden ungeheuere Zerstörungen und Veränderungen in der
Landconfiguration vorgegangen sind? Alles aber auf Meeres-
bewegungen zurückzuführen, scheint mir eine falsche Hypothese
zu sein, welche mit der sogenannten Aushöhlung von tiefen Seen
durch das Vorrücken der Gletscher Ähnlichkeit hat. Nach der
Uferconfiguration in allen diesen Ländern zu urtheilen, sind
wahrscheinlich Hebungen, Senkungen, Spaltungen den Zerstörungen vorangegangen. Auf diese Weise allein konnte man sich
nicht nur die vielfache Zerstückelung, z. B. im arctischen Amerika, erklären, aber ohne eine solche Theorie bleibt die Aushöhlung des westlichen Meeres Grönlands, die Bildung der
grossen Seebecken, wie die von Hudson und Baffin u. s. w.,
wenigstens nach unserer Wenigkeit, ein Räthsel. Möchte man
auch darin nur die Wirkung der Strömung der Äquatorial-
wasser zu den Polen vermuthen? In allen Fällen bleibt es für
die plastische Configuration der Erde eine eigenthümliche Thatsache, dass sowohl nördlich von Amerika als nordöstlich und
südöstlich von Asien so grosse Inselwelten vorhanden sind,
deren Menge mit der kargen Zahl derselben westlich und nord-
westlich von Europa in grellem Contrast steht und fast gänzlich
um den Hindostan, Arabien, Afrika und Süd-Amerika fehlen.

Wenn man im Detail solche Fälle von Erdtheile-Zerstücke-
lungen auf dem Erdballe studirt, so kann man sich leicht eine
proportionale Scala von den einfachsten Erdverände-
rungen bis zu den grössten machen. So z. B. wird
Niemand zweifeln, dass England einmal mit Continental-Europa,
oder Irland mit Grossbritannien, die Belt-Inseln mit Jütland,

die Inseln des westlichen Frankreich mit letzterem Lande, Sicilien mit Italien, das Feuerland mit der Spitze Süd-Amerikas,
Ceylon mit Süd-Indien, der hinterindische Archipel mit Ost-
Asien, die Inselwelt östlich und nordöstlich von China mit
jenem Lande und Corea, die Aleutischen Inseln mit der Halbinsel Alaschka, Tasmanien mit Australien, Madagascar mit
Afrika u. s. w. zusammenhingen.

Mit diesen Beispielen ausgerüstet, urtheilt man leicht über
die alten Verbindungen mancher andern Inseln mit benachbarten
Continenten.

Endlich die besondere geographische Verbreitung
der lebenden und fossilen Pflanzen und Thiere be-
weist, dass die Oceane in den geologischen Zeiten keineswegs
die heutige Configuration inne hatten. So z. B. hing einst das
Mittelländische mit dem Indischen durch das Rothe Meer und
früher selbst durch Mesopotamien und das nördliche Syrien zusammen. In den Oceanen, ebensowohl in dem Atlantik (siehe
Forbes' Abh.) als in der Südsee (siehe Dana, Darwin. Abh.
u. s. w.) müssen grosse Inseln oder selbst Continente vorhanden
gewesen sein, welche wahrscheinlich auch nicht in den beiden
Polarmeeren sowie im Indischen Meere zwischen Afrika und
Australien fehlten. Zu letzteren hat man oft solche Hypothesen
aufgestellt, um die Verbreitung der Negritosrace sowie diejenige
gewisser Thierformen (der Lemuriden u. s. w.) sich erklären zu
können.

Paläontologen haben auf der andern Seite auf die Pflanzen-
und Meerthierformen aufmerksam gemacht, deren Identität nicht
zu bezweifeln ist und welche dort zu gleicher Zeit in den australischen Ländern und in Europa gewisse geologische Zeitperioden
charakterisiren. Insbesondere haben sie die Constanz der Num-
mulitenbänke im Eocän von den Alpen und Mittelländischen
Ländern bis nach Indien, im Unter-Himalaya und nach Hinter-
Indien sowie in seinen Archipelen verfolgen können.

Eines der besten Beispiele zur Bestätigung unserer Ansicht
liefert die grosse Zerstückelung der Trias nicht nur in Polarländern, sondern auch der Trias mit *Monotis salinarius* auf mehreren Localitäten der Inseln des Stillen Oceans sowie auf den
sie umgebenden Continenten, wie in der Halbinsel Alaschka,

in Japan, in Australien, in Neu-Caledonien, Neu-Seeland u. s. w.
Auf der andern Seite weist die Ähnlichkeit der Fauna und der
Flora sowie die Paläontologie der nördlichen Continente auf eine
ehemalige viel nähere Verbindung in der Atlantik, indem im
Gegentheile ziemlich breite Meere wenigstens in jüngeren geologischen Zeiten Süd-America von Afrika getrennt haben mögen,
daher auch der Contrast ihrer Floren und Faunen.

Fast alle Geologen und Kosmologen huldigen dieser Meinung, und was besonders letzterem Gewicht gibt, alle grossen
Naturforscher und Weltumsegler haben solche illustrirt, wie
Agassiz, Carpenter, Ludwig, Heer, Delesse, Dumont d'Urville
u. s. w.

Manche Geologen haben natürlich diese Veränderung in
der Configuration der Continente während der geologischen
Zeiten gebraucht, um die höchst auffallenden climatischen Veränderungen zu erklären, welche uns die abgestorbenen Welten
haben wahrnehmen lassen. So haben es Lyell, Croll, Peacock
(Changes of the Earth's physical Geography, a consequent
Change of Climates, 1871) und viele Andere gethan.

Die Herren Geographen, welche in der Geologie und
ihren wahrscheinlichsten Theorien nicht alle bewandert sind,
können natürlicherweise keinen richtigen Begriff einer Gebirgskette haben. Sie glauben, dass es genügt, grosse und kleine
Erhabenheiten sowie Reihen dieser auf der Erdoberfläche zu
unterscheiden und ihr geringster Kummer ist die Form ihrer
Gebirgsketten. Nach ihrer Meinung ist diese letztere ein ganz
willkürlicher Zufall, so dass sie nicht nur alle Arten von
Erhöhungsreihen zusammen verbinden, sondern noch weit von
einander entfernte Gebirgsketten zu vereinigen wagen, obgleich
zwischen denselben Oceane, Ebenen oder nur niedriges Hügelland liegen. Auf diese Weise brachte Buache sein Gebirgsnetz
des Erdballs zu Stande, auf ähnliche Art vereinigten Geographen
die Alpen mit den Pyrenäen, die östlichen Alpen mit den Karpathen und den Gebirgen des illyrischen Dreiecks, die Alpen
überhaupt mit den Apenninen, die Gebirge der Krim mit denjenigen des Kaukasus, den Taurus mit den nordpersischen
Gebirgsrücken und selbst mit den hohen Gebirgen Turkestans,
dem Pamir Hinter-Indiens u. s. w.

Wenn man nun solche Beispiele einzeln in Augenschein nimmt, so bemerkt man, dass in den drei letzteren Fällen die Geographen über grosse Ebenen und sehr niedriges Terrain Erhöhungen zeichnen und auf solche Weise gar keinen Begriff des Terrains und der reellen Orographie geben, wie in den meisten andern erwähnten Beispielen. Doch ohne diese Fehler würden Geologen in den drei letzterwähnten Fällen ausser für Hinter-Indien ihnen beistimmen, was ganz und gar nicht für die andern Beispiele sein kann, weil sie die Zwischenräume der wahren Gebirgsketten durch Gebirge ausfüllen und wir im Gegentheile für ihre Trennungen Ursachen zu haben glauben.

Was verstehen sie denn eigentlich unter der charakteristischen Form eines Gebirges? wird man fragen. Eine Gebirgskette, antworten wir, ist, nach unserer Ansicht, nur ein gehobener Theil der Erdoberfläche, welche Hebung gewöhnlich nicht einfach, sondern complicirter Natur ist und dann mehreren geologischen Zeiträumen angehört. Ob unter den jetzigen Bergmauern wohl noch Überbleibsel der grossen uralten kraterförmigen Einsenkungen sich finden lassen, welche die erste Periode der Erstarrung der obersten Erdkruste wahrscheinlich kennzeichneten? Diese Frage haben wir schon aufgeworfen und werden später darauf wieder zurückkommen.

Ehemals hat man geglaubt und viele Gelehrte, vorzüglich Geographen, glauben noch jetzt, dass jede grosse Gebirgskette aus einer fortlaufenden Central-Urkette mit oder ohne granitische Felsarten und einer Reihe von parallelen Nebenketten bestehe, indem letztere auf beiden Seiten der Hauptkette oder nur auf einer Seite fortlaufen. Diese Ansicht ist aber schon so weit modificirt worden, dass die ehemaligen sogenannten Granit-Urkerne in den meisten Fällen wenigstens als ein Irrthum erkannt wurden. Aber selbst der übrige Theil dieser Definition scheint nur auf eine beschränkte Anzahl von Ketten zu passen, da manche Gebirgsketten nur aus grossen Gebirgsstöcken (oft ehemaligen Urinseln) zusammengesetzt sind, zwischen welchen mehr oder weniger metamorphosirte jüngere oder plutonische Gebilde abgelagert wurden. Selten sind die Fälle, wo diese Urstöcke eine sehr grosse Ausdehnung haben, indem es von der andern

Seite viele kleine Ketten gibt, welche selbst oft ohne Nebenkette nur einen Urstock, wie in Slavonien, aufzuweisen haben. Dieselbe ersterwähnte Structur findet sich auch in manchen nur aus sedimentären Formationen gebildeten Ketten vor, wie z. B. in der St.-Nicolaskette im westlichen Bulgarien, im Pindus, wo unfern Metzovo Serpentine und Eocänschichten eine Trennung im Gebirge ausfüllen u. s. w.

Bis jetzt hatten manche Theoretiker sich die Abtheilung der grossen Gebirgsketten in mächtige, hohe Berggruppen durch die verschiedenartige Verwitterung oder Zerstörung ihrer Theile erklären wollen, aber diese Meinung stellt sich theilweise als eine falsche heraus, weil die jüngeren zwischen den Urstöcken liegenden Felsmassen anderer Natur als jene sind und anderer Bildungszeit angehören. Zu leugnen ist es aber nicht, dass letztere oft weniger Widerstand gegen Zerstörung als die älteren Gesteine zeigen. Ausserdem wie kann man heutzutage die wahren Grenzen zwischen den azoischen und uralten Gesteinen ziehen, besonders wenn noch dazu das Silurische, das Cambrische und selbst manchmal das Laurentische fehlen? Man stiess wohl auf ähnliche Felsarten, aber ohne die Gewissheit ihres gleichen Alters zu haben. Die grössten azoischen Regionen liegen ganz vorzüglich in dem nördlichen Theile der Nord-Hemisphäre, dann in Hinter-Indien, am Rothen Meere, im Taurus und in seiner centralasiatischen Verlängerung, in Brasilien u. s. w.

Im Jahre 1843 war es, als unser werthester Freund, der berühmte Alpenkenner Studer in Bern, die eben entwickelte Ansicht über die Natur der grossen Gebirgsketten gegen die so lange Zeit geltende entgegengesetzte Meinung aussprach und wenigstens für seine nächsten Alpen bewies. Nun hat im Jahre 1873 Herr Dr. Mojsisovics dasselbe Verhältniss für die deutsch-österreichischen Alpen anerkannt. Um über eine Kette ein solches Urtheil aussprechen zu können, gehören nicht nur viele Durchschnitte, sondern auch die wissenschaftlichen Untersuchungen über die Ausstreckung der einzelnen Gebilde längs der ganzen Kette, aber solches ist nur in sehr wenigen Ketten bis jetzt geschehen.

Im Jahre 1871 machte Studer mit vielem Rechte nicht nur mit älteren Geologen auf gewisse Alpen-Langenthäler (Wallis, obere Reuss, Innthal u. s. w.), sondern auch auf gewisse grosse Querthäler aufmerksam, welche letztere manchmal Seen enthalten und geologische Formationen trennen. Es sind dies theilweise die sogenannten Maits oder Mulden des Herrn Desor, welche er als Longitudinal-Depressionen zwischen zwei Bergmassen verschiedener Alter characterisirt (Bull. Soc. Sc. nat., Neufchâtel 1860, B. 6, S. 201), eine Definition, welche ihre Anwendung auch auf die bekannten Longitudinalmulden des Jura, der Vogesen, im Harz, im Thüringerwalde, Fichtelgebirge, Erzgebirge, im böhmisch-schlesischen Gebirge, in den Karpathen finden.

Diese eigenthümlichen Alpen-Querthäler des Herrn Studer sind nicht mit den Spaltenthälern zu verwechseln, wie z. B. die Cluses oder Klausen des Jura und der Flötzalpen (Justithal u. s. w.), noch mit den Erosionsthälern zusammenzufassen. Als Beispiele gelten die Mulde des Thuner Sees, der grosse Canal von Aix nach Chambéry in Savoyen (Berner Mitth., 1871, Nr. 68), das flache Land zwischen Salzburg, Linz und dem Böhmerwaldgebirge u. s. w. Solche orographische Plastik, solche Spalten- und Beckenbildungen kennzeichnet die Grenzen der verschiedenen Gebirgsgruppen einer grossen Bergkette.

Es gibt aber manche Gebirgsketten, in welchen die älteren krystallinischen Schiefer ganz wie im südlichen Schottland, in den Ardennen (Belgien) u. s. w. oder nur theilweise fehlen, wie in den Pyrenäen, im Hämus. Die ersten Ketten bestehen nur aus einer oder mehreren Abtheilungen der paläozoischen Schichten, wie gewisse am unteren Rheine, die andern Gebirge sind nur durch die Ueberlagerung an secundären Gebilden entstanden, wie z. B. der nördliche Theil der Vogesen, der östliche Theil des Hämus, gewisse croatische Gebirge u. s. w. Es kommen auch Ketten vor, welche grösstentheils nur aus secundären Formationen und besonders aus denen der Kalkreihe bestehen, wie die adriatischen Kalkketten Dalmatiens, der Türkei und Griechenlands, der Jura, die würtembergisch-bayerische Alb, die Weserkette, die Dagestankette u. s. w.

Andere Gebirge zeigen nur Felsarten der Kreide und der ältern tertiären Zeit, wie in gewissen Theilen der Nord- und Ost-Karpathen, in den mittleren Apenninen, im nördlichen Central Serbiens, in Catalonien u. s. w. Endlich bilden jüngere Gebilde überhaupt nur mehr Hügel als Bergreihen.

Was die Form der Gebirgsketten betrifft, so bleibt für uns ein sphärischer, nicht ganz regelmässiger Bogen ihre Figur, weil wir in der Voraussetzung einer Kettenbildung durch Hebung uns nur diese Form in den Erdspaltungen möglich denken können. Die zackigen Anomalien oder Ausschreitungen der Bögen scheinen mir theilweise wenigstens dazu dienen zu können, die sehr verschiedene Lage der Wasserlauf-Trennung zu erklären. Diese Eigenheit der Gebirgsorographie hat oft unnützerweise zu vielen Schreibereien und theoretischen Ansichten unter den Geographen über die wahre Richtung der Gebirge sowie ihren höchsten Grat Anlass gegeben.

Einige Geologen wollen die gleichzeitige Bildung solcher Hebungsbögen nur in gleichen, aber nicht in verschiedenen Richtungen zugeben; wir huldigen dieser theoretischen Voraussetzung nicht, obgleich wir für gleichzeitige Bildung letzterer Art, was Häufigkeit betrifft, hinlängliche Gründe zu haben glauben, dass die Zahl dieser Fälle sehr beschränkt sein wird, und besonders wenn man diesen Hebungsspaltungen eine grosse Ausdehnung zusprechen möchte. Geschieht eine Hebung an einer Stelle der Erdoberfläche oder auf einem schon erhöhten älteren Punkte, welcher durch mehrere secundäre und tertiäre Gebilde bedeckt ist, oder lehnen sich nur letztere an einen älteren Gebirgskern an, so entsteht durch die Verrückung des Paläozoischen, Secundären und Tertiären eine Gebirgskette mit einer einfachen oder doppelten Parallelkette auf einer oder auf beiden Seiten, wie z. B. in den Alpen, im Hämus, im Dagestan, im Jura u. s. w., was Anlass zu Längen- und Querthälern für den Abfluss der Wässer gibt. In dieser Hinsicht kann man die Kette nach eigenen potamographischen Verhältnissen classificiren. Im Hämus oder eigentlichen Balkan nimmt die südliche Nebenkette die Namen von Sredna Gora, Karadscha-Dagh und Bairdagh an und wird durch Längenthäler von der Hauptkette getrennt, indem nördlich Secundäres, meistentheils Neocomien und

ältere Kreide eine niedrige, parallel laufende Mauer bilden,
durch welche die Flüsse mittelst Querthäler durchbrechen. In
den andern erwähnten Ketten stellen sich besonders die Jura-
schichten oft gewunden, domförmig oder gestört dar und beide
erwähnte Arten der Thälerbildung sind da vorhanden.

Eine auf solche Weise gebildete und umformte Kette kann
in einem andern geologischen Zeitraume durch eine andere
schief oder fast rechtwinkelig gekreuzt werden oder das Resultat
einer Hebung kann selbst mehrmals durch andere spätere Hebungen unter sehr schiefen Winkeln bedeutend modificirt werden.
Daraus folgt, dass man für gewisse geologische Perioden wenigstens in einem gewissen Ländercomplex oder auch selbst in
einem Continente berechtigt ist, eine bestimmte Folge von Richtungen für die Erdspaltungen (Failles) sowie für die Ketten-
bildungen anzunehmen. Hat man eine dieser Richtungen in
einem Gebirge ermittelt, wo sie rein und allein besteht, so kann
man sie leicht von andern im selben Lande unterscheiden und
auf diese Weise zu einem Netze von Richtungen kommen, welche
dann zu verschiedenen geologischen Zeiträumen gehören werden.
Nun, ohne die Auffindung oder Anerkennung dieses ersten theoretischen Schlüssels der Orogenie kann man sich nur, wie die
Geologen vor 50 Jahren, in einem Irrgarten von Gebirgsrich-
tungen befinden, dessen Causalenträthselung aller unserer Mühe
trotzen würde. Die reinen Neptunisten halfen sich in älterer Zeit
aus dieser Klemme mit leeren Hypothesen über Wasserströmungen und Gebirgsmaterial-Anschwemmungen u. dgl.

Wenn wir mit diesen Bemerkungen das Wahre getroffen
haben, so wird man bald mit etwas Nachdenken einsehen, dass
Geologen mit manchen Geographen über Richtung
und Ausdehnung einer Gebirgskette keineswegs
einverstanden sein können. Wählen wir als Beispiel die
türkischen Gebirge. Die Herren Geographen wollen die
Hämuskette vom Schwarzen Meere bis nahe an das grosse
Alluvialbecken Sophias mit demjenigen Balkan oder derjenigen
Kette vereinigen, welche ihnen nur als eine südliche Verlängerung der Banater Kette von dem Donau-Engpasse nach Sophia
zu laufen scheint. Für uns Geologen beweisen aber erstlich die
verschiedenen Richtungen von W 3° N nach O 3° S für den

Hämus und von NW nach SO für ihren Balkan auf der westlichen Grenze Bulgariens, dass man es da schon mit zwei verschiedenen Ketten zu thun hat. Zweitens muss die im südöstlichen Serbien NNW—SSO laufende Verlängerung der Banater Kette von dem Balkan im nordwestlichen Bulgarien mit NW—SO Richtung getrennt werden. Das Zusammenstossen dieser letzteren beiden Ketten gab Anlass zu der Bildung der beiden Niederungen, namentlich der Timoker und Nischer sowie auch zu der kleinern bei dem serbischen Bania, indem zwischen dem bulgarischen Balkan (oder St.-Nicolas-Balkan u. s. w.) und dem Hämus von der westlichen Seite die grossen kreisförmigen Niederungen von Sophia, Radomir und Kostendil mit dem Sienitkegel des Vitosch und seinen Ausläufern sowie zwischen diesen ein eigenthümlich accidentirtes kleines Gebirge mit mehreren kleinen Becken und Querthälern liegen. Besonders aber besteht daselbst längs dem Rilodagh eine lange Furche. Sehen wir aber die östliche Seite dieses Zusammenstosses zweier verschiedener Ketten an, so finden wir mehrere Niederungen, wie die von Malina, Komartzi, Sladitza und eine grössere Anzahl von Querthälern, wie die der beiden Isker und der dreifachen Quellen der Wid sowie die der Topolka.

Zwischen dem Hämus und der bulgarischen NW—SO-Kette liegen Triasgebilde sowie die kleine Etropolkette, welche theilweise aus Kalk und Glimmerschiefer, theilweise aus Sedimentär-Kalksteinen besteht; aber zwischen der bulgarischen und ostserbischen Kette füllen Trias, Jura und vieles Tertiäre die Lücken dazwischen aus.

Die NNO—SSO laufende siebenbürger, banater und serbische Kette scheint vor dem Ende der Kreide-Ablagerung hervorgehoben worden zu sein; die Bildung der NW—SO laufenden bulgarischen Kette fällt in die Miocänperiode und diejenige des Hämus in die jüngere Eocänzeit. Der Rhodop und seine Verlängerung in Macedonien aber mit einer WNW—OSO-Richtung wäre eine ältere Hebung, denn wie Herr Elie de Beaumont sehr richtig angibt (Syst. d. Montagnes, 1852, S. 579) erstreckt er sich unter dem westlichen Theil des Hämus bis über Tschipka und Kezanlik und wurde von diesem nur durch eine grosse Senkung getrennt, wie es die hervorragenden Sienitkegel bei

Philippopoli beweisen. Da diese Senkung mit der letzten Hebung des Hämus zusammenfällt, so erklärt sich, warum der nordwestliche Theil des Rhodop oder das Rilogebirge so schroff gegen Norden und Nordwesten sich erhebt und auf einer parallelen oder fast parallelen Linie mit der Hämus-Hebungs-Richtung abfällt. Die Hebung des Rhodop erstreckt sich wahrscheinlich weit nach Kleinasien. Gibt es im Rhodop Granite, Sienite und Trachite, so kennen wir in den andern erwähnten Ketten am südlichen Fusse des Hämus Granite, Quarz und Augit-Porphyre, in der bulgarischen NW—SO Kette Augit-Porphyre und Trachite, und in der serbo-banatischen NNO—SSW Kette sienitische Porphyre, Dacit- und Augit-Porphyre.

Die Halbinsel Chalcis, das östliche Gebirge Thessaliens und Euböa sowie vorzüglich das meistens albanesische Ober-Mösien und fast die ganze westliche Türkei mit ihren zahlreichen Bergreihen gehören zu den Hebungen der Mitte der tertiären Zeit, vielleicht auch dem Zeitraume der durch Prof. Suess benannten sarmatischen Periode an.

Zu der Hämushebung gehören, den Richtungen und geologischen Lagerungen nach, in Thessalien sowohl die nördliche als die südliche Kette, dann die Kette in Central-Macedonien, diejenige zwischen Macedonien und Obermösien und die des südlichen Serbien (Kopanik-Jastrebatz). Endlich finden wir eine Hebung NNO—SSW im Scordus (Kom, Peklen, Mirdit), im Schar und in der Verlängerung dieses Gebirges sowie in dem parallel laufenden Gebirge des Pindus und in der Verlängerung des Agraphagebirges im Continental-Griechenland.

Die sogenannte geographische Verlängerung der Alpen gegen Westen kann keinem Geologen munden, denn die älteren Gebirgsketten Frankreichs laufen kaum parallel mit den westlichen Alpen und werden durch eine breite Reihe von Secundären, Tertiären und Alluvial-Sedimenten sowie durch Vulkanisches davon getrennt. Letztere hängen selbst durch die Montagne noire nicht mit den Pyrenäen zusammen, welche Kette eine ganz andere Richtung hat und nur in der Miocänzeit ihre letzte Umformung bekommen hat, indem die Centralkette Frankreichs einer viel älteren Bildungsperiode angehört.

In den Alpen haben Geologen zwei grosse wichtige Abtheilungen gemacht, indem sie die westlichen Alpen mit ihrem eigenen geognostischen Wesen von den östlichen Alpen getrennt haben. Grosse Gebirgslinien, grosse Brüche und Thäler sowie dazwischen liegende jüngere Gebilde bezeichnen ihre Grenzen. Geographen aber haben die von Geologen in jener westlichen Gebirgskette erkannten Berggruppen mit denjenigen der östlichen Alpen gleichgestellt, ohne auf diese grosse Verschiedenheit der Ost- und Westalpen aufmerksam zu machen. Diese letzteren sind vielmehr im Ganzen eine secundäre Kette, wie der Hämus und die wenigen krystallinischen Schiefer und Felsarten sind am Fusse derselben in Piemont; im Gegentheile in den östlichen Alpen sind jene Theile gegen die Mitte und das ältere Kohlengebilde ist viel weniger ausgebreitet oder wenigstens vielleicht mehr metamorphosirt worden in dieser letzteren Kette als in der andern. (Siehe H. von Mojsisovics, Jahrb. geol. Reichsanst., 1871, B. 23, H. 2.)

Unser wackerer Freund, Professor Suess, hat sehr richtig die südliche Verlängerung des ältern Theiles der Alpen in Corsika und Sardinien sowie in dem tyrrhenischen Meere, in den Maremmen Toscanas, in Calabrien und dem östlichen Sicilien gesucht. Die Apenninen aber sind nur eine jüngere sedimentäre Kette, welche in gebogener Richtung nur an ihrem nördlichen Ende an die westlichen Alpen angelagert ist oder anstösst. In diesem Falle herrscht Einigkeit unter Geographen und Geologen. In unserem Osten bemerken wir ein ähnliches geognostisch-geographisches Verhältniss zwischen den Alpen und den Ketten Krains, Istriens, Dalmatiens und der westlichen Türkei, indem fast wie in Frankreich zwischen den Alpen und Pyrenäen die älteren Gebilde oder möglichen Ueberbleibsel von ehemaligen kraterförmigen Vertiefungen hie und da zwischen dem östlichen Ende der Alpen, dem südlichen Gebirge Siebenbürgens und dem Rhodop auftreten, namentlich in Croatien, Slavonien, Bosnien, Syrmien, im Banat, Serbien und dem westlichen Bulgarien. Diese Gebirgsrücken zeigen in ihren Richtungen keineswegs die der deutschen Alpen.

Die Karpathen sollen mit den Alpen verbunden sein, aber erstlich wie weit reicht diese Gebirgsbenennung und erstreckt sie sich von Pressburg bis zur Marmarosch, oder begreift sie selbst das östliche Gebirge Siebenbürgens oder selbst die südliche Kette dieses Landes? Diesen Namen für die letztere Doppelausdehnung wäre ein wahrer Unsinn. Für die Verbindung der kleinen Karpathen mit den Alpen gibt man das Rosaliengebirge, den Glimmerschiefer des südlichen Leithagebirges, die Granite von Hainburg und Pressburg sammt einigem Schiefer an. Man übersieht aber damit, dass die Karpathen ganz und gar nicht zu den Alpen gehören, sondern durch eine ungeheure Senkung im Wiener und Mährisch-Schlesischen Becken davon getrennt sind. Aus diesem versenkten Theile erscheinen noch auf der Oberfläche einige Bruchstücke der ehemaligen Alpenfelsen. Hätte sich diese Kette fortgesetzt, so wäre sie gegen diejenige gestossen, welche unter einer andern Richtung im Trentschin-Neutraer Comitat anfängt und sich weiter östlich ausbreitet und durch Plutonisches hie und da durchlöchert wurde.

Wie längs der deutschen Alpen erscheint nördlich dieser Kette der karpathische Sandstein mit einigem Jurassischen, Neocomischen, mit Kreide und Eocän. Grösstentheils, wie die Pyrenäen orientirt, wurde diese Kette in derselben geologischen Periode gebildet, indem die kleinen Karpathen eine andere Richtung haben und in der Zeit der Umbildung der westlichen Alpen fällt. In den siebenbürgischen westlichen und östlichen Ketten erkennt man parallel laufende Rücken mit der erwähnten Banater Kette, aber die südliche Kette oder das Fogarascher Gebirge repräsentirt die ihr parallel ausgestreckte Tatra (NO—SW). Da aber die Eocän-Nummulitenrücken-Schichten daselbst aufgerichtet sind, so fällt ihre Entstehung wenigstens in die jüngere Eocänzeit.

Aus meiner Auseinandersetzung wird man mit Recht entnehmen, dass ich mich der Gebirgsketten-Bildungs-Theorie meines alten Freundes, Herrn Elie de Beaumont, sehr nähere. Ich gestehe gern, dass ich nicht recht verstehe, warum das geometrische Princip dieser Theorie so viele Gegner gefunden hat, ohne dass ich darum annehme, Herr von Beaumont hätte in Allem das Rechte getroffen oder selbst die Bildungsweise aller Erhöhungen des Erdballs erschöpfend dargestellt. Nach meiner Wenigkeit, und unparteiisch, wenigstens wie ich hoffe, wäre folgendes mein Urtheil über seine Arbeiten.

Seine ersten theoretischen Ansichten vom Jahre 1834 waren wirklich zu systematisch und der mosaischen Legende zu unterwürfig, Cuvier und die alte Schule waren noch mächtig. Es blieb ein unüberlegter Gedanke, nur zwölf eigenthümliche Richtungen der Gebirgsketten sammt zwölf sogenannten Revolutionen oder Erhebungen anerkennen zu wollen. Dieses war gar zu possierlich, um nicht sogleich Widersacher zu finden. Später verdoppelte er fast die Zahl seiner Hebungen oder liess sie eigentlich unbestimmt, indem er im Jahre 1869 zu seinen 22 noch 42 neue hinzufügte, welche verschiedene Beobachter in mehreren Theilen der Erde bestimmt haben und welche wie die 12 Marcous doch theilweise nur unnütze Doppelgänger sind. (Rapport sur les progrès de la Stratigraphie en France, 1869; Delesse, Rev. d. Geologie, 1871, B. 7, p. 341—344.)

Im Jahre 1852 bekannte er die Richtigkeit der ihm zugetheilten Rüge [1] und gab zu, dass analoge oder identische Hebungsrichtungen zu verschiedenen geologischen Zeiten möglich waren und wirklich vorhanden sind. (Note syst. d. Montagnes, B. 1, S. 479, 485, 797 et 1293). Es gibt in Europa allein 12 solcher Richtungen oder wenigstens 12 fast identische Richtungen in verschiedenen geologischen Perioden (Notice, B. 2, S. 802—809, besonders S. 809 u. C. R. Ac. d. Sc. P. 1862. B. 55, S. 119). Wenn Herr von Beaumont seine Verwunderung (curieux) über diese Wiederholung derselben Hebungsrichtung nicht unterdrücken kann (siehe Notice etc., p. 478), so finden wir solche ganz in der Ordnung, weil wir, was astronomisch-magnetische und meteorologische Phänomene anbelangt, an eine gewisse Zeitperiodicität für alle diese, mit vielen Gelehrten, zu glauben uns berechtigt fühlen.

[1] Conybeare, Phil. Mag. 1831. 3. Sect., B. 9, S. 19, 111, 188, 258; Boué, Mem. géol. 1832; De la Beche, Manual of Geology, 1831, die französische Übers. 1832, S. 666; Dufrenoy F., La Montagne noire (Explicat. de la Carte géol. de France, 1841, B. 1, S. 189); Zeuschner, N. Jahrb. f. Min. 1841. S. 74; Durocher für Scandinavien (C. R.. Ac. d. Sc. P. 1850. B. 30, S. 741; Bull. Soc. géol. Fr. 1850. N. F., B. 7, S. 701).

Auf der andern Seite scheint H. von B. Gebirgsketten-hebung als eine in einem sehr kurzen Zeitraume geschehene Umwälzung anzusehen; wenn er aber keine ungefähre Zeit dafür bestimmt hat, so möchte man doch glauben, dass die geologischen Thatsachen nicht der Meinung widersprechen, wodurch einige Geologen einen etwas längern Zeitraum als der Verfasser für diese dynamischen Erdanstrengungen annehmen, wohlverstanden doch auch nicht sehr lange Jahrhunderte.

Auf der andern Seite kann ich nicht genug erstaunen, dass mehrere seiner schönen Deductionen der bekannten That-sachen über die Plastik der Erdoberfläche so wenig Berücksichtigung fanden, obgleich sie theoretisch und praktisch durch Elie de Beaumont bewiesen wurden. So z. B. hat man gegen sein Princip des Parallelismus der Dislocationen in einer selben Zeitperiode manche Einwendungen gemacht, welche, wenn sie selbst alle gerechtfertigt sein würden, doch nur als seltene Ausnahmen für eine sehr wichtige orographische Eigenthümlichkeit gelten konnten. [1]

Dann haben manche Geologen gar keine Notiz von seinen 19 Systemen oder grossen Kreisen genommen, welche sich fast rechtwinkelig kreuzen (Notice, B. 2, S. 809—819), wie es doch Herr Leblanc schon im Jahre 1840 hervorhob (Bull. Soc. géol. F., B. 12, S. 140), wie es im Jahre 1841 Hitchcock für Massachusetts (Final Report, B. 2, S. 723), im J. 1847 Frapolli (Bull., B. 4, S. 627), im J. 1850 Durocher (detto N. F., B. 7, S. 701) und ich selbst (Akad. Sitzber., B. 4, S. 427) bestätigten. Im Jahre 1852 erkannte Rivière dieses Gesetz wieder in der Vendée (Notice, B. 2, S. 809 und 821), im J. 1854 Lamarmora in Sardinien (Bull., B. 12, S. 13), im J. 1860 Vezian für zwei Systeme Frankreichs (C. R., Ac. d. Sc. de P. 1860. B. 50, S. 89. (Siehe auch Hauptmann Weiss in Petermann's geogr. Mitth. 1856. H. 7 u. 8.)

Wir müssen in Erinnerung bringen, dass wir dieses auf-fallende Gesetz über die Bildung der Gebirgsketten mit dem

---

[1] Conybeare, Rep. brit. Assoc. f. 1833. S. 581—583; Phil. Mag. 1832. B. 1, S. 118, 123; 1834, B. 4, S. 404; Rozet, Bull. Soc. géol. Fr. 853. B. 10, S. 198; Desor, Amer. J. of Sc. 1851. N. F. B. 12, S. 118.

Phänomen des Erdmagnetismus in enge Verbindung haben bringen wollen (siehe Akad. Denkschriften. 1851. B. 3), namentlich die sogenannten Äquatorialhebungen mit den isodynamischen Linien und die den Äquator unter einem geneigten Winkel schneidende mit den Linien der magnetischen Declination (Akad Sitzber., 1849, S. 283; 1869, 1. Abth., B. 59, S. 65). In unserer Meinung wurden wir durch den Ausspruch eines Helden in der Physik, unseres ehemaligen Freundes Melloni, unterstützt (Bibl. univ. Genève 1847, B. 5, S. 330 f. Institut, 1847, S. 368). Dann hatte schon L. A. Necker nahe Verhältnisse zwischen der allgemeinen Richtung der Stratification und derjenigen der isodynamischen magnetischen Linien in der nördlichen Hemisphäre bewiesen (Bibl. univ. de Genève. 1830. B. 43) und J. H. Lathrop die säcular-magnetischen Variationen mit der allmäligen Bildung der Erde in Verbindung gebracht (Americ. J. of Sc. 1840. B. 28, S. 68). [1]

Weiter hat Herr Elie de Beaumont meisterhaft die herrliche Symmetrie der Erdoberfläche hervorgehoben, an welche so wenig Gelehrte glauben wollen, und er hat sie selbst als ein Resultat der allmäligen Zusammenziehung der innern Masse der Erde während ihrer Abkühlung beleuchtet. (Seine Notice Syst. Montag. 1852. B. 3, p. 1222 u. 1250). Er hätte hinzufügen können, dass, da alle dynamischen Veränderungen der Erdoberfläche nach den gleichen Naturprincipien stattfanden, die Analogie und Symmetrie ihrer Resultate nicht fehlen konnten. In dieser Hinsicht und ohne sein Pentagonalsystem zu berühren, haben wir, wie man weiss, auch manches über die Symmetrie der Erdoberfläche schon mitgetheilt, namentlich über die Symmetrie des Festen und Flüssigen (Akad. Sitzb., 1849, B. 3, S. 266) [2], über diejenige der Vertheilung der

---

[1] Siehe auch Aug. de la Rive, Erdmagnetismus in Verbindung mit der Erdbildung (Ampère's Theorie, Edinb. phil. J. 1834. B. 16, S. 268—278); Gust. Herschel, N. Jahrb. f. Min., 1841, p. 116—119; Evan Hopkin's (Annexion of Geology with terrestrial Magnetism. 1840. 8°; Locke, detto (Amer. Ass. 1841, 1843 und Am. J. of Sc. 1844. B. 47, S. 101).

[2] Vergleiche Houzeau, De la symétrie des formes des continents. Brüssel 1854; Oscar Peschel, Geographische Homologien. (Ausland. 1867, S. 457—462, 841—846; Kohl, Ausland, 1871, S. 1097).

Continente (Bull. Soc. géol. Fr. 1843. B. 14, S. 437) und Continentalmassen und Gebirge (detto, 1860, B. 17, S. 436 u. 448); über die der Thäler, z. B. in Sibirien u. s. w. Endlich haben wir den Nutzen gezeigt, welchen man aus solchen geometrischen Erdbeobachtungen und besonders aus denjenigen über Parallelismus der Ketten und Schichtungsrichtungen machen kann, um a priori manche wahrscheinlichen Muthmassungen über die geologische Natur von noch von keinem Geognosten betretenen Erdtheilen sich erlauben zu können (Bull. Soc. géol. Fr. 1844. N. F. B. 1, S. 297—371).

Auf der andern Seite haben Herr Elie de Beaumont und seine Schüler die Configuration der Continente, ihre innigsten Verhältnisse mit den Richtungen der Gebirgsketten sowie die so wichtigen Kreuzungspunkte der Erhebungssysteme, theilweise die Points singuliers des Herrn von Beaumont (S. 1253) sehr schön und viel vollständiger als es früher geschehen war, illustrirt. Auf diese Weise drückt seine folgende höchst characteristische Schlussfolgerung vollständig unsere innige Ueberzeugung aus:

„La surface du globe terrestre, malgré son irrégularité apparente n'est pas dessinée au hazard comme les courbes de fantaisie d'un jardin anglais, mais elle a beaucoup d'analogie avec nos parcs à la française dont l'ordonnance générale se rapporte à des lignes droites connexes entr'elles et où les lignes sinueuses ne se montrent que dans les détails et où il y a des espèces d'étoiles ou de points ronds (die Kreuzungspunkte der Systeme). La combinaison de ces éléments rectilignes a été susceptible d'une très-grande variété due à leur discontinuité, à l'inégalité de leur saillie, à leurs enchevêtrements et aux raccordements opposés entr'eux par diverses causes accessoires. Il faut faire aussi la part du désordre occasionné par le croisement des accidents stratigraphiques appartenant à des systèmes différents, de là la *confusion qui paraît régner dans les cartes géographiques et géologiques*, mais il ne faut qu'un peu de dextérité pour découvrir l'ordre caché dans le pêle-mêle, qui semble d'abord si désordonné (Notice syst. d. Mont. 1852. B. 2, p. 801 — 805) dans cette mosaique d'irrégularités apparentes (S. B. 3, S. 1189)“.

Herr Elie de Beaumont nimmt alle Gebirgsketten als Linearhebungsresultate an, aber gibt zu gleicher Zeit zu, dass man dadurch keine mathematische Linie, sondern vielmehr eine accidentirte wellenförmige oder mit Einkerbungen versehene Linie sich denken muss. Er nimmt aber nicht an, dass durch eine einzige Hebung eine sehr starke gebogene Gebirgsmauer, wie z. B. die Vereinigung der deutschen mit den westlichen, Alpen jemals hervorgebracht wurde. Nicht viele Gönner der entgegengesetzten Meinung sind vorhanden, wie z. B. Scarabelli (Sulla probabilità che il sollevamento delle Alpi siasi effectuato sopra una linea curva. Florence 1866). Aber besonders Studer, Desor sowie Alph. Favre haben auf grosse Krümmungen in den Alpen hingewiesen. (Report Brit. Assoc. f. 1860 Lond. 1861, S. 78). Nach Favre beschreiben die Berge Namens Mont Vergy und Tournette halbe Kreise (Rech. géol. de la Savoie. 1867. B. 1, S. 214; B. 2, S. 6, 98 und 150). Schon Rozet erwähnte die gebogenen Linien mehrerer Juragebirge (Ac. d. Sc. P. 1835, 30. März; L'Institut 1835 S. 103), diese sind aber alle nur secundäre Gebilde, über welche wir sogleich unsere Meinung aussprechen werden.

Herr von Beaumont, welcher ausführlich über Erhebungskrater im Vulkanischen schrieb (C. R, Ac. Sc. P. 1835. B. 1, S. 429—432; Ann. d. Mines. 1836. 3. F. B. 9, S. 175, 575; 1836, B. 10, S. 351 u. 507), hat in seiner Orogenie zu wenig an die ähnlichen, kraterähnlichen oder eigentlich kreisförmigen Erhebungen in dem krystallinischen Schiefer und den sedimentären Gebilden gedacht, obgleich solche plastische Gebirgsformen einer Gebirgskette ebensowohl als einem Gebirgsstocke eine eigene Configuration haben geben müssen. Über das einzige Bérarde-, sogenannte kreisförmige Gebirge hat er referirt (Soc. Philomat. P. 1837, 7. März). Es gibt aber eine ziemliche Zahl ähnlicher Gebirgsconfigurationen, unter welchen wir zu den schon von uns erwähnten (siehe Ak. Sitzber., 1864, 1. Abth., B. 50, S. 60) noch folgende aufzeichnen. [1]

---

[1] Thurmann, Essai sur les soulèvements jurassiques du Porentruy, 1832; Boué (Bull. Soc. géol. Fr. 1834. B. 6, S. 29); Rozet im Jura

Solche Gebirgsformen ändern aber den Character der Lineargebirge in solcher Art, dass man in ihnen etwas mehr als nur zufällige Detailanomalien, wie Herr von Beaumont es vielleicht sagen würde, anerkennen möchte.

Wenn wir auf diese Weise manche Gedanken über die Bildung der Gebirgsketten mit Herrn Elie de Beaumont theilen, so gestehen wir doch den Zweifel, ob er gehörig genug den Antheil bezeichnet hat, welchen vulkanische oder plutonische Gebilde in der Configuration und selbst Richtung der Gebirgsketten im Allgemeinen genommen haben. Dann hat er sich scheinbar zu ausschliesslich mit Gebirgsketten beschäftigt und hat sich zu wenig mit den andern Erhabenheiten der Erdoberfläche, den Hügel- und Plateauländern, beschäftigt, indem er nur hie und da die spätern als ihre Bildung geschehenen local-orographischen Veränderungen in diesen letztern besprach.

Die Theile der Erde, welche keine Gebirgsketten oder isolirte hohe Berge, oft von vulkanischer Art, sind, werden durch Hügel, Plateaus und Ebenen bedeckt, welche doch alle bekannte Formationen von den ältesten bis zu den neuesten zeigen. Zerstörungen und Senkungen für die ältern Gebilde und Hebungen für die jüngern bringen die ersten in niedrigere Horizonte, indem die jüngern von ihren gewöhnlichen niedrigen Posten hoch steigen und selbst die Gipfel der Gebirgsketten hie und da erreichen. In jenem Falle verlieren ihre Schichten oft ihre wagrechte Stellung, um geneigte Lager zu bilden.

Das Alluvium, das Tertiäre, das Secundäre und selbst das Paläologische, wurden ganz und gar nicht auf gerade Linien abgesetzt, sondern, obgleich

---

Frankreichs, Englands und Syriens (detto. 1835. B. 7, S. 136); Capit. Cailler im Libanon und Antilibanon (detto. 1835. B. 7. S. 138); Escher u. Studer südlich des Waldstädtersees Kalkstein-Circus um Schiefer und rothe Conglomerate (Fröbel's Mitth. a. d. theoret. Erdk. 1836. B. 1, S. 577, 581); Studer's Geolog. d. Schweiz. 1851. B. 1, S. 425; Forbes im Dauphiné, Mt. Pelvoux (L'Institut. 1842. S. 94); Schott (Arth.), Mehrere Circus im Obern Sonora (Ausland. 1863. B. 1. S, 597); Tournaire, Circus im Primären zu Consolens, Haute Loire, 1869; Fuchs, Arranthal, Pyrenäen (N. Jahrb. f. Min. 1870. S. 722).

jede Formation oder selbst Abtheilungen einer Formation in
denselben geologischen Zeit abgesetzt wurden, mochten sie
sich als Sedimente auf alle Contouren des Bodens,
worauf sie abgelagert wurden. Daraus folgte natürlich,
dass ihre Berge oder selbst Gebirge, oder besser gesagt
Erderhabenheiten, alle möglichen Formen annehmen mussten.

Da kommen auch ebensowohl wellenförmige als gerade oder
krummlinig gebildete Bergmassen mit elliptischen ebensowohl
als mit kreisförmigen Richtungen, was besonders in den ehemaligen Buchten stattfindet. Hier ist wirklich der Platz für die
Einwendungen gegen das Beaumont'sche System, welche
Rozet, Alph. Favre und Andere mittelst secundärer Formationen gemacht haben. Durch unsern guten Freund, Herrn
Kanitz, erfuhren wir auch, dass nordöstlich von Vratza in
Bulgarien das Kreidegebirge einen förmlichen Bogen bildet.

Als Beispiele dieser Gattung von kleinen Ketten kann ich
folgende nennen, namentlich die Kreide- und Neocomien-
kette Bulgariens, die Jurakette Frankreichs, der gebogene deutsche Jura von der würtembergischen Alb an bis
ans Coburgische. Erstlich ist die Richtung dieser Alb SW-NO,
dann fast W—O längs der Donau in Bayern bis Kehlheim, unfern
Regensburg und von da wieder gegen Norden über Nürnberg,
Bamberg bis an den Main bei Lichtenfels. Ausgeschlossen bleibt
bei dieser Kette, dass sie nur ein Erosionsüberbleibsel einer viel
ausgebreiteten Kalkformation in der Richtung von SW nach NO
war und dass sie die Trias weit und breit einst bedeckte. Ihre
Bildung verdankt sie wahrscheinlich grösstentheils Korallenriffen, welche nur theilweise erhalten, die meisten aber zerstört
oder gänzlich in dichten Kalkstein verwandelt wurden. In Wirklichkeit begegnet man doch noch Resten jener Korallenriffe in
gewissen Horizonten. Dann kann man wohl glauben, dass während
dieser chemischen Kalkniederschläge es viele jetzt nicht mehr
fliessende starke Säuerlinge in jenem südwestlichen Deutschland gab und dass diese zum Aufbaue dieser Kalklager mittelst
der Korallgehäuse beigetragen haben. Noch jetzt stösst man in
mehreren kleinen Jurabecken auf grosse Kalktuffmassen, welche
in ganz neuerer Zeit von solchen Quellen abstammen, wie z. B.

im Riess, bei Steinheim, bei Georgensmund, im Loclethale u. s. w.
Die berühmte Kissingener Quelle liegt auch nicht weit davon.
Die jetzigen Korallenriffe haben aber oft dieselben Formen
wie dieser deutsche Jura, wie z. B. die Korallenriffe nordöstlich
von Australien gegen Neu-Guinea, die von Florida u. s. w. Es
ist selbst möglich, dass einige kleine Jurabecken durch den
eigenthümlichen Korallenbau schon in der Urzeit bedungen
waren.

In Frankreich findet man ähnliche Gebilde; das nördli che wird bedeckt von einer fast vollständigen Reihe von allen
secundären Formationen, welche daselbst scheinbar in concentri-
schen kreisförmigen Schichten sich in einer grossen Meerbucht
niedergelagert haben und daselbst sowohl Berge und Hügel als
Plateaus bilden. In ihrer Mitte liegt das tertiäre und alluviale
kleine Hügelland von Paris.

In andern Theilen Frankreichs, wie im Südwesten,
Süden und Südosten, sowie in England findet man nur die
Hälfte oder nur einen Bruchtheil solcher Reihen secundärer,
tertiärer und alluvialer Anhöhen und Ebenen. Der französische
Jura mit seinen Langthälern hat manche Kreisformen sowie sehr
gebogene Formen, welche wir besonders um das niedrige Terrain der Bresse bemerken. Auf ähnliche Weise sehen wir das
Tertiäre und Alluvialplateau Central-Spaniens theilweise
mit Jurassischem umrahmt.

In Norddeutschland haben die jüngeren secundären
und tertiären Berge noch mehr Zerstörung leiden müssen.
Überall bemerkt man, wie im südwestlichen Deutschland, den
Einfluss von ehemaligen Korallenriffen und hie und da sieht man
sie noch in Felsen, z. B. zu St.-Mihiel an der Maas, in Coralrag
in der Normandie u. s. w. Nur die Ausdehnung einiger Gebirgs-
kettenhebungen sowie ihre sie begleitenden Spaltungen haben
dieses schöne so regelmässige Bild scheinbar etwas geändert.

Geht man andere Länder durch, so hat man Anlass, ganz
ähnliche Beobachtungen zu machen. Erstlich wird die sogenannte
geographische, sehr gebogene Verlängerung der
Südalpen nach Dalmatien und der westlichen Türkei durch
eine solche Art der Bildung der Kalklager ganz leicht erklärbar.
Langgestreckte Korallenriffe sowie Mineralwasser waren die

Hauptfactoren dieser Bildung, welche auch von Richthofen ganz richtig in der Hervorbringung der südtiroler Dolomite anerkannt wurden (Geognost. Beschr. der Umgegend von Predazzo u. s. w. in Südtyrol. Gotha 1860). Weiter wird die niedrige Schweiz durch die Molasse und die älteren Alluvialhügelreihen und selbst Berge (Rigi u. s. w.) bedeckt. Im südlichen Bayern verursacht das Eocän und spätere Tertiäre und Alluvium eine ähnliche Orographie, welche sich weiter in Ober-Österreich erstreckt und überall deutlich Beweise von Hebungen im älteren Tertiären liefert. In Nieder-Österreich und Mähren gibt es noch in den Becken ober und unter dem Wiener Gebirge genug tertiäre Hügel mit einigen secundären Bergspitzen, und unter anderem wird man doch dem Leithagebirge das Prädicat einer Kette nicht verweigern können.

Weiter längs der Karpathen in Galizien sind grosse tertiäre Hügel- und Bergreihen bekannt, welche auch die doppelten ungarischen Becken sowie die serbisch-bosnischen und wallachisch-bulgarischen umrahmen und den Boden des Siebenbürgischen Troges bedecken. Ähnliche Tertiärhügel sind ebensowohl in den drei grossen türkischen Becken in Thracien, Macedonien und Thessalien als in Italien von beiden Seiten der Apenninen (Monti Berici u. s. w.), in Sicilien, Sardinien, Spanien u. s. w. bekannt.

Möchten wir aus Europa schreiten, so würden wir leicht in Nord-Afrika, Kaukasien, Kleinasien, Mesopotamien, in Central-Asien (Plateau von Ust-Urt), im Pendschab, im nördlichen Becken des Hindostan, im ungeheueren Chinabecken, im Missisippibecken u. s. w. ganz ähnliche Verhältnisse ins Gedächtniss unserer Leser zurückrufen können, indem in manchem dieser Länder, wie im nördlichen Frankreich und England, auch um das Secundäre tertiäre Gebilde concentrische Hügel- oder Bergreihen bilden (auch in Nord-Amerika u. s. w.).

Überall findet man nebst Horizontalschichten andere tertiäre Hügeltheile in aufgerichteter Lage und diese letzteren bemerkt man besonders in dem Eocän und auf älteren Horizonten jener Formationen (Karpathen, Wallachei, Thracien, Italien u. s. w.).

Wie ist es möglich, in einer Orographie solche tertiäre Miocänberge wie die Volterras in Toscana, Albanien oder Ober-

Österreich u. s. w. zu übersehen? Verdient denn das Leithagebirge diesen Namen nicht, da sein Korallenriff auf einem
Fundamente von Glimmerschiefer einen Hämus im kleinen
Maassstabe bildet? Selbst die jüngsten tertiären Ablagerungen
sowie das Alluvium geben Anlass zu Hügeln und Bergen, wie
z. B. nicht nur tertiäre Süsswasserbildung, wie die des
Lot und Garonne u. s. w., oder die der Limagne (Auvergne),
sondern auch der Süsswasserkalk am Eichkogel in der südlichen Bucht des Wiener Beckens, der im Becken hinter Servia
im südwestlichen Macedonien, der mächtige Löss im Rheinthal
und besonders im Innern Chinas (nach Richthofen), die alte
Moräne vor Como, selbst die sogenannten Toltry oder Miocän-
bryozoären Atolls in Podolien (Barbot de Marny, N. Jahrb.
f. Min. 1867. S. 630) u. s. w.

Auf diese Art schmeicheln wir uns, gezeigt zu haben, auf
wie viele Berge und Hügelreihen man aufmerksam sein muss,
wenn man eine theoretische Orogenie des Erdballs zu entwerfen
sich erkühnt. Denn diese eben erwähnten Erhabenheiten des
Erdbodens in allen möglichen Richtungen und Formen scheinen
uns eben so wichtig und für die Menschheit insbesondere noch
wichtiger, als die meistens in Linearerhebungen gebildeten und
weniger Raum einnehmenden Gebirgsketten.

Was die vulkanisch-plutonischen Ketten betrifft,
so hat Herr Elie de Beaumont wohl manche Theorien darüber
verfochten, welche ihre Anwendung in der Bildung der Gebirgsketten finden. Er steht in diesem Punkte auf dem Stande des
seligen Herrn von Buch, d. h. dass die eruptiven Massen,
wenn nicht gerade die Ursache der Hebungen der sedimentären
und krystallinischen Schichten, doch wenigstens eine sehr innige
Verbindung zwischen beiden besteht. Die meisten jetzigen Geologen glauben mit Herrn Cordier u. s. w., dass die Hebungen
dem Eruptiven die Möglichkeit gaben, durch Spalten oder Löcher
über die Erdoberfläche sich zu erheben. (Siehe Darwin, Trans.
geol. Soc. L. 1841. Pogg. Ann. 1841. B. 52, S. 484 u. s. w.).
Was wir aber in Herrn Elie de Beaumont's Darstellung ver-
missen, ist der theilweise Einfluss, welchen die eigenthümlichen Formen der vulkanisch-plutonischen

Ketten auf die Gebirgsfigur im Allgemeinen gehabt haben.

Er hat wohl einige seiner Bergsysteme für gewisse vulkanische, basaltische oder dioritische Gebiete errichtet, dann erwähnt er einige solche auf seinen systematischen Kreisen liegende Berge oder Massen, welche dann überhaupt im Zusammenhange mit ihren nächstliegenden Revolutionslinien begriffen werden, ob sie nun am Fusse der Ketten parallel mit letzteren sich erstrecken, oder ob sie sedimentäre Bildungen in einzelnen Kuppen zerrissen oder durchbohrten. Aber neben diesen letztern, für welche sein Verfahren ganz correct ist, gibt es manche vulkanisch-plutonische Gruppen, welche durch sich selbst eigenthümliche Gebirge bilden (Monte Rosa, Monte Viso u. s. w.. Euganeen, Olot-Gruppe [Catalonien], Gate-Vorgebirge u. s. w.) und einen grossen Platz in einer theoretischen Systematik der Orographie einnehmen. Wie er sehr wohl weiss und anderswo auseinandergesetzt hat, bilden letztere nur manchmal gerade Linien, indem sie anderswo als verschiedene gekrümmte oder strahlig ausgebreitete Gebirgsmassen erscheinen, welche dann die Form sowie selbst die Richtung einer zusammengesetzten Gebirgskette in gewissen Gegenden bedeutend modificiren können.

So z. B. wenn Herr von Beaumont über die Karpathen verhandelt, findet man nur flüchtige Erwähnung des Tatragranit sowie besonders der so häufigen vulkanischen Berge Ungarns und Siebenbürgens. Wenn er von der untern und obern Rheingegend spricht, hat er nur wenige Worte für die Eifel, das Siebengebirge, das Vogelgebirge, den Kaiserstuhl, die stolzen Hügel des Hegau, das Mittelgebirge des nördlichen Böhmens. Wenn er in den Apenninen sich umsieht, erwähnt er kaum die Süd-Tyroler Porphyrberge, die Euganeen, die Trachytberge bei Bolsena, sowie auch diejenigen Trachytgegenden Sardiniens, die des südöstlichen Spaniens, die Ober-Mösiens, Macedoniens u. s. w. Die Basaltberge der Hebriden und Irlands, somit die vulkanischen Inseln des Atlantik, die Fero-Inseln, Island und Grönland sind kaum genannt und selbst gibt er uns nur ungenügende Auskunft über die mehrfachen vulkanischen Gebirge Central-Frankreichs.

Wie er in Europa mit solchen Gebirgen verfährt, so überspringt er für Afrika in derselben Weise in Egypten die grossen

Sienit- und Porphyrgegenden, in Abyssinien die Basalt- und Trachitberge, in Fezzan die Basaltberggruppe bei Morsuk, die Basalte in Natal und Südafrika u.s.w.; die Trachyte und Basalte Klein-Asiens und Kaukasiens, in Asien die Serpentine und Euphotidberge Klein-Asiens, des Urmia-See's u.s.w; die Trappberge im Central-Hindostan, in Australien und Oceanien, dieselben Gebilde, indem er im nordwestlichen, mexicanischen, centralen und andern Theilen Amerikas nicht gehörig die plutonischen Granite, Sienite und Porphyre, die trachtischen und vulkanischen Gebirge von den andern trennt, welche er in seinem Kreissysteme eingeschachtelt hat.

Ohne uns in allen diesen von uns weit entfernten Gebirgen zu verirren, halten wir uns für den Augenblick nur an die europäischen Gebirge, so bemerken wir, dass fast alle die von uns erwähnten Gebirge Berggruppen bilden, für welche es ebenso wichtig scheint, Ausbruchrichtung sowie die geologische Zeit dieser zu bestimmen. Viele dieser Gruppen besonderer Berge scheinen ganz unabhängig von den sie umgebenden älteren Formationen zu sein, wie z. B. der Kaiserstuhl, die Siebenberge, die Eifel, die Euganeen u. s. w. Manche haben, wie gesagt, eine strahlförmige Plastik, wie z. B. die Karatovaberge in Central-Macedonien, das Vogelsgebirge und besonders das Cantalgebirge, welches fast als Conterfei der Insel Palma erscheint. Andere bilden lang gezogene, einfache Ketten, wie z. B. in der Central-Türkei, im östlichen Siebenbürgen, in dem besonders trachytischen siebenbürgischen Hargittagebirge, welches doch ein ziemlich grosses genannt werden kann und durch seine Richtung von Nord nach Süd ganz und gar verschieden von der Nachbarkette zwischen Siebenbürgen und der Moldau ist. Letztere läuft namentlich von NW. nach SO. Das Mittelgebirge Böhmens ist ein ähnlicher Fall, denn seine Richtung von Westen nach Osten correspondirt weder mit derjenigen des Erzgebirges, noch mit derjenigen des Riesengebirges.

Wenn nun in der orographischen Bildung einer Gebirgskette kleine eruptive Massen sehr wenig Störendes für die allgemeinen Formen verursachen, so ist dieses keineswegs der Fall mit grossen plutonischen Berggruppen. Als Beispiele der ersten Art

gelten namentlich die kleinen sienitischen Eurite ager in Fassnet-
thale (Schottland), die Spiten der Dauphiné, die Varioliten der
Drac, gewisse Porphyre der Vendée, die kleinen feldspathischen
Felsen von Lesines in Belgien, die trichterförmigen Trapp-
massen in Allgäuer Jura, die sogenannten porphyritischen
Felsen bei Raibl (Kärnten), die Serpentinstöcke unfern Grün-
bach (Nieder-Österreich), die Ophite und Teschenite in Mähren
und Schlesien, die metallführenden Porphyre in der serbischen
Schumadia, manche Serpentin- und Euphotidmassen in den
Apenninen und dem westlichen Theile der europäischen Türkei
u. s. w. Die grösste plastische Umformung solcher Eruptivmassen
bilden kleine sogenannte Erhebungskrater, wie z. B. die Basalte
der Anhöhe von Polinier bei Rougiers (Var) in der Mitte der Trias
(Coquand, Bull. Soc. géol. Fr. 1849. N. F. B. 6. S. 305) oder gewisse Phonolit- (Roc Sanadoire, Mont d'or, Mezin und Mittelgebirge, Bilin, Teplitz, Insel Lamlash (Schottland), oder Trachyt-
hervorragungen (Puy Marie, Cantal) u. s. w.

Als Beispiele der zweiten Art gelten namentlich gewisse
Granitgegenden in Calabrien, in Spanien, in den Pyrenäen (Mala-
detta), in Central-Frankreich, in den Vogesen, im Schwarzwald,
Brocken und Riesengebirge, in der Tatra, in Podolien, im Ural, in
Arabien, im Altai, in China; [1] gewisse Protogin-Berge, wie im Mont-
blanc und Oisans, bei Castoria, im Kobilitza, im türkischen Schar;
gewisse Sienit-Berge, wie der Vitosch bei Sophia, der Criffelberg
und auf der Insel Arran u. s. w., im südwestlichen Schottland, die
Malvernberge in England, die Ballons im Elsass, im südlichen Norwegen u. s. w.; gewisse Hypersten-Sienite, wie die der Kuchullin-
berge in Skye, in Norwegen u. s. w.; gewisse Melaphyre und Por-
phyrgebirge wie Benevis und bei Edinburgh in Schottland, in
Cumberland, im südlichen Norwegen, bei Halle an der Saale, im
Thüringer- und Fichtelwalde, in Süd-Tirol, im Altai, die metall-
reichen Porphyre von Nagy-Banja in Ungarn u. s. w., von Maidan

---

[1] Siehe Elie de Beaumont, Diametergrösse von 15 grossen Granit-
masse-Gebirgen in Europa (Notice sur le syst. d. montag. 1852. B. 3. S. 11, 88),
welche ich leider in meiner Abhandlung über die Mächtigkeit der Formationen übersah (Ak. Sitzber. 1872). Die corrigirten Endresultate einer solchen
Untersuchung können uns die Mittel geben, um zu einer approximativen
Schätzung der Dicke der starren Erdkruste zu gelangen.

in Central-Serbien, von Karatova in Macedonien, die Serpentine und Euphotide des Monte Rosa und Viso, Berggruppen in Lappland, diejenigen in dem Myrtidenlande in Nord-Albanien, in Eperus (Metzovo), in Klein-Asien (Syrien), die grossen Ablagerungen am Obern See (Nord-Amerika) u. s. w.; die grossen Trachyt- und Basaltmassen, wie zwischen Ober-Mösien und Macedonien, in Abyssinien, Klein-Asien, Armenien, Georgien, im Tchian Shan oder Himmelsgebirge in Central-Asien u. s. w.

Letztere Art von Gebirgen geben nicht nur den grossen Gebirgsketten manchmal eigene locale, oft mit ihrer Linearrichtung ungleichartige Formen, sondern sie halfen einst die Räume zwischen ehemaligen Inseln, jetzt Berggruppen oder Abtheilungen jener Ketten, theilweise ausfüllen. So z. B. sehen wir die Protogine des Oisans in der Dauphiné von anthracitführenden und krystallinischen Schiefern umgeben, letztere durchbrechen, die Montblanc-Protoginkette zwischen den übrigen Bergen Savoyens und Wallis treten, weiter die Monte Rosa-Serpentine, sowie die granitischen Gotthardmassen ähnliche Plätze einnehmen, noch östlicher die hohen Gruppen des tiroler Ortler und Glockner durch die eruptiven Felsarten von Klausen u. s. w. und die Porphyre Südtirols getrennt, indem westlich vom Ortler die Granite des Albula, sowie die Serpentine und Euphotide Graubündtens, sowie auch südlich die Donalite des Adamelloberges erscheinen. In Tertiärgegenden bilden auch vulkanische Gruppen eine sehr auffallende Orographie, wie man es in dem Siebenberge bei Bonn, im Kaiserstuhl (Baden), in der Hegau, unfern Ofen, bei Güns und am Plattensee u. s. w. kennt.

Aber unter allen diesen Fällen von plutonisch hervorgerufenen Orographien scheint keine so grosse plastische Veränderungen in der Erdoberfläche als diejenige Eruption des mittlern Amerika hervorgerufen zu haben. Beide Theile Amerika's waren einst getrennt und höchstens waren einige Inseln zwischen ihnen vorhanden, aber durch plutonische und vulkanische Ausbrüche, besonders auf den mit dem Äquator parallelen Linien, ferner durch einige Tertiär- und Alluvialgebilde wurde nach und nach nicht nur der Isthmus von Panama und Tehuantepek, sondern auch ein grosser Theil von Mexico, sowie von den Republiken von Guatemala, Honduras, Nicaragua und Costa-

Rica aufgebaut. Die ehemaligen Inseln scheinen uns durch die Juraberge und Kreidelager in Mexico vorzüglich angezeigt.

Diese meistens nur in sehr neuen geologischen Zeiten geendeten Eruptionen und dieser zwischen der Südsee und dem Atlantik errichtete plutonische Damm haben eine solche Veränderung in den oceanischen Bewegungen verursacht, dass nichts Ähnliches auf dem Erdball vorhanden ist, obgleich später Hebungen und auch Vulkanisches das mittelländische Meer von dem rothen Meere trennten, Senkungen oder Spaltungen möglichst zu der Bildung des hinterindischen Archipels und zu der Trennung der australischen und indischen Länder beigetragen haben. Doch haben ähnliche grosse Katastrophen in der afrikanischen Sahara und in der Cyrenaica, in Nord-, Central- und Süd-Europa, in West- und Central-Asien, in Sibirien, im nördlichen Hindostan, im niedrigen China-Becken, im Mississippi-, Amazonen- und patagonischen Becken ausgedehnte Erdregionen trockengelegt. Auf diese Weise wurde eigentlich der Erdball für den Menschen mehr bewohnbar, indem zu gleicher Zeit durch die Veränderung des Laufes der Äquatorialströmungen die neue Welt der alten näher gebracht wurde. Das Sonderbarste in dieser Erdumwälzung bleibt immer der Anfang der Eis- und Schneeanhäufung an den Polen, eine wahrscheinlich nur viel spätere Veränderung, da Miocänpflanzen-Fossilien in Polarländern gefunden wurden.

Manche Geologen und Astronomen sind auf den Gedanken gekommen, die Erdoberfläche mit der des Mondes zu vergleichen, indem sie mehr oder weniger glaubten, noch jetzt in ersterer die Spuren jener grösstentheils zerstörten oder überdeckten mondartigen Plastik erkennen zu können. Als die Erde wegen ihrer grossen Hitze noch kein Wasser ertragen konnte, war sie in Gas und Dämpfe verschiedener Art gehüllt, ihre Oberfläche hatte aber ungefähr wie bei geschmolzenen Metallen grosse Blasen und Schlacken gezeigt. Später, als die Hitze nachgelassen hatte, füllten sich die tiefsten Theile der schlackigen Erdkruste mit Wasser und die Erdoberfläche bedeckte sich nach und nach mit kraterförmigen Vertiefungen, wie wir sie im Monde sehen. [1]

[1] Galilei Vergleichung, des böhmischen Kessels mit den Mondeskratern (Opere 1744, B. 2, S. 8), Benzenberg, Laacher-See (Gilbert's

Diese stellen sich wie die jetzigen Vulkane in Reihen oder in kreisförmiger oder in elliptischer oder sternartiger Ordnung (Cantal, Palma, Island). Die grossen Kratere enthalten, wie noch heutzutage, mehr oder weniger kleine, welche nach den verschiedenen Verhältnissen in der Mitte, auf der Seite oder selbst in der Peripherie der grossen Circularumwallungen sich finden.

Wenn man die Formen der Kratere, der erloschenen oder der noch brennenden Vulkane studirt, so findet man neben den runden, manchmal zwei kreisförmige nebeneinander, oder es hat sogar ein Krater den andern arg entstellt. Andern fehlt die Hälfte oder fast die Hälfte einer Seitenwand, weil Lavaströme daraus geflossen sind. Es gibt auch Kratere mit Seen, welche keinen Ausfluss zu haben scheinen und manchmal sehr steile Ränder haben, während bei anderen das Wasser durch eine enge Klause oder ein breites Thal seinen Abfluss findet. Oft ist aber der Kraterrand so zerstört, dass das Wasser auf zwei Seiten seinen Weg hat finden können. Alle diese verschiedenen Formen müssen wir uns vergegenwärtigen, wenn wir die Überbleibsel aller Kratere auf dem Erdballe noch erkennen wollen.

Viele kleine Kraterformen auf dem Erdball sind so bekannt, dass es kaum der Mühe werth ist, einige hier ins Gedächtniss zu rufen. Wie z. B. die Maare der Eifel, die vulkanischen Seekratere (Laacher See, Santorin) u. s. w., der Gokscher See, der Wan-See, der Urmiah-See, der Gondar-See in Abyssinien, der Kastoria-See, der Ochrida-See, der Bolsena-See, der Yellowstone-See, das Utaher

Ann. 1810, B. 34, S. 352; Olbers und mehrere andere Astronomen. Gruithuisen (Kastner's Arch. 1826, B. 8, S. 20—26). Nicol (Roy. Soc Edinb. 1838, 16. April, L'Institut 1838, S. 410). Elie de Beaumont, Berarde-Circus (Soc. Philom. P. 1872. 7 mars. Mém. Soc. d'Hist. nat. P. 1834. B. 5. S. 17. Soc. Philom. P. 1829, 19. Dec. Ann Soc. nat. 1831. B. 22. S. 88. C. R. Ac. S. P. 1842. B. 16. S. 1012, 1843. B. 17. S. 1263). Strantz (Arbeit. d. Schles. Ges. f. vaterl. Kult. 1841, S. 70). Rozet (Bull. Soc. géol. Fr. 1846. N. F. B. 3. S. 262—266). Nasmyth (Brit. Assoc. Edinb. 1850. Ausland 1850. S. 869). Alexander (Amer Assoc. Cleaveland 1853). Cotta (Geol. Fragm. 1857. Th. 1. Chap. 2). Ritter v. Hauslab (Bull. Soc. géol. Fr. 1862. B. 19. S. 778). Hennessy (Rep. brit. Assoc. Oct. 1862. S. 14—28). Poulett-Scrope (Volcanoes 1862. S. 230—233). Lecoq (Revue des Soc. Sav. 1864. 5. Aug. S. 162).

Salzseebecken, das Becken von Mexico, der Nicaragua-See, der Titicaca-See, die Bucht von Macaraibo mit der grossen Kreisform des mexicanischen Meerbusens und ihren Vulkanen auf der westlichen Seite der Peripherie u. s. w.

Durch granitische Bergkuppen verleitet, hat man in ihnen die Überbleibsel von Kraterrändern muthmassen wollen. So sprach sich Herr v. Benningsen-Förder im Jahre 1843 über die Vogesen und den Schwarzwald aus, deren ältere Theile als Kraterränder angenommen wurden, während in der Mitte der ehemaligen Krater eine viel spätere vulkanische Thätigkeit in der tertiären Zeit den Kaiserstuhlberg herausbildete (Kastner's Archiv. f. Min. B. 14, S. 34). Sicherer scheint es, nur solche Hieroglyphen der längstvergangenen Zeiten in plastischen Erdoberflächeformen zu suchen, welche noch jetzt kraterförmig aussehen. Nun, diese kennen alle Kosmologen in Böhmen, Ungarn, Siebenbürgen, in Central-Kleinasien, in Persien, im Penjab, in China, in Australien u. s. w.

In Böhmen findet man sehr alte plutonische Eruptionen in der Mitte und jüngere tertiäre bilden nördlich das langgezogene Mittelgebirge am Fusse des Erzgebirges, worin selbst in der Alluvialzeit ein kleiner vulkanischer Ausbruch am westlichen Ende stattfand (Kammerberg bei Eger).

Die ungarische kraterförmige Vertiefung wurde durch vielartige ältere und jüngere Eruptionen im Norden, Nordosten und Osten durchbohrt, indem sie durch eine secundäre und tertiäre und theilweise trachytische und Basaltkette in zwei ungleiche Theile halbirt wird, ungefähr so wie in Niederösterreich die Wienerwaldkette das Becken Wien's und St. Pölten's oder die Schumadia-Kette Serbiens, die Becken der Kolubara und der Morawa trennt. In Siebenbürgen kommen besonders westlich ältere Porphyr- und sienitische Eruptionen sammt einigen Trachyten vor, und östlich die Trachytkette der Hargitta, an deren südlichem Ende die Solfatare von Budoshegy und der ehemalige trachytische Krater von St. Anna liegen.

Kleinasien ist reich an altem und neuem Vulkanischen und in ihrer Mitte dominirt der Argeus, während im Nordosten viele und hohe grosse Trachytberge sich erheben, unter welchen der Ararat der ansehnlichste ist. Wie in der Mitte Un-

garns sind Erdbeben da noch häufig. In Persien erhebt sich am
Rande der kraterförmigen nördlichen Einfassung der vulkanische
Demavend mit seiner Solfatare, während granitische Gebirge
u. s. w. südwestlich und östlich liegen. Der grosse Trog Georgiens
und Armeniens zwischen dem schwarzen und kaspischen Meer
ähnelt in etwas der ehemaligen grossen Meerenge, welche das südliche Gebirge Schottlands von den Grampians trennt. Der Unter-
schied ist nur, dass in letzterem Lande fast nur ältere plutonische
secundäre Eruptionen stattfanden, während in Caucasien und Armenien die Trachyte und Basalte herrschen. In beiden Gegenden
aber kann man noch Spuren von manchen Kratern bemerken,
welche natürlich in Asien noch sehr deutlich hie und da hervor-
treten, während in Schottland nur der Lavastrom oder ein Porphyr-
oder Phonolitkegel die verschiedenen Plätze der älteren Vulkane
anzeigen. Die Quecksilbergegend mit ihren vielen Porphyren,
Trapp- und Basaltarten in der Rheinpfalz geben im kleinen Mass-
stabe ein annäherndes Bild der Physiognomik des südlichen
Schottland.

Geht man einen Schritt weiter auf diesem theoretischen
Weg, so bemerkt man auf dem Erdball noch manche mögliche
Andeutungen von uralten Kraterformen, welche aber wie
am mittleren Rhein durch die Länge der verflossenen Zeit, durch
die grossen Zerstörungen der Ränder und die Überdeckung
mittelst anderen Gebilden sehr schwer zu enträthseln sind. In
diese Kategorie gehören folgende Gegenden, namentlich das
Franken- und bairische Land zwischen dem Böhmerwald,
dem Fichtelwald, dem Oden- und Schwarzwald, wo in der Mitte
und an der südwestlichen Seite dieser krystallinischen Schiefer-
und Granitumfassung kleine tertiäre Basalt-Eruptionen stattfanden (im Riess, Urach u. s. w.), während im Norden mächtige
Berge von Phonolit, sowie die Basaltmassen des Rhön- und
Vogelgebirges sich ablagerten.

In Central-Frankreich zwischen dem uralten Theil
des Morven, der Vendée und den Pyrenäen haben sich nicht
nur ältere Porphyre (Mont d'or bei Lyon, Saone et Loire),
sondern vorzüglich die vier trachytischen (sammt Phonolit-) und
basaltischen bekannten Berggruppen des Mont d'or, Cantal,
Velay und Lozère gebildet, an deren nördlichstem Ende die

neueren Vulkane und Kratere des Puy de Dôme und im südöstlichen die basaltischen Lavaausbrüche und Kratere der Ardèche das Land so interessant und fruchtbar machen

Im nördlichen Frankreich zwischen den Vogesen, den paläozoischen Ardennen und den ältern Gesteinen der Manche und Bretagne ist die Facies der ehemaligen Kratere höchst verwischt, doch bleiben als merkwürdige vulkanische Zeichen erstlich wie in Würtemberg und im Badischen das Vorhandensein von Gyps und Salz an dem östlichen Rande und in der Mitte die grossen tertiären pariser Gypsberge, welche auf das ehemalige Vorhandensein von mächtigen Mineralwässern schliessen lassen. Sowohl Schwefelwasserstoffgas als andere Gasarten, sowie Baryt und Stronthian mögen sie enthalten haben; sie lagen vorzüglich südöstlich.

Die Orographie Spaniens liefert uns ähnliche Kreisformen im obern Tagus oder Madrider Becken, in demjenigen des obern Duero oder Valladolider-Becken, im Grenada-Becken u. s. w. Noch viel undeutlicher, aber grossartiger stellten sich die ungeheuren russischen Niederungen zwischen dem finländischen und uralischen Krystallinischen auf der einen Seite und auf der andern zwischen dem Ural, dem podolischen Granit, der Tatra und dem Riesengebirge. In Central-Asien scheint auch die trachytische Tschian-shan-Kette in der Mitte zwischen dem Urschiefer, Granit und Porphyr des Altai und des Pamir zu liegen. Fasst man das grosse Becken des niedern China mit Korea, den Sakalin und Japanischen Inseln sammt Borneo zusammen, so hat man wieder eine grosse Kreisform mit vielen Trachyten und Vulkanen und eine uralte Umfassung. Nach dem seligen Gruithuisen wäre das amerikanische Niederland zwischen den White mountains in Vermont und den Alleghanies, sowie dem Felsengebirge mondartige Niederungen. Dana scheint auch dieser Voraussetzung beizupflichten und würde wahrscheinlich mit uns auch das californische Land zwischen der Seekette von St. Francisco und die Nevadakette sowie das Utah-Becken als etwas ähnliches annehmen. Derselbe Gruithuisen möchte auch den See Tschan im Innersten Afrika's als das Centrum einer ähnlichen Erdform anerkennen wollen (Analect. S. Erd- und Himmelsk. 1828, Hf. 1, S. 46 u. 73). Mit noch mehr Recht konnte man auf

die räthselhaften Mondgebirge um die Quellen oder Seen des
obern Nil hinweisen.

Als Theile ehemaliger Kraterformen kann man
noch den Zerstörungen zum Trotz für gewisse Erdstriche diese
alte Plastik herausbringen. Beispiele von mehr als der Hälfte eines
Kraters liefern uns das grosse Po-Becken Piemonts zwischen den
Nordappeninen und den steilen Westalpen, dann die ungeheure
wallachisch-bulgarische Niederung zwischen dem Hämus, der
St. Nicolaskette, der südlichen siebenbürgischen Kette und den
Bergen der nördlichen Dobrudscha, das spanische Becken des
Ebro und das des Guadalquivir. Die Trachytkette des Vorgebirges
Gate könnte wohl die Mitte einer sehr zerstörten Kraterform an-
deuten. Weiter bemerken wir Ähnliches im südwestlichen Frank-
reich zwischen den Pyrenäen, die Montagne noire und das Cen-
tralgebirge Frankreichs, sowie in dem südöstlichen England. Durch
Norwegens und Englands Ältestes wird man kaum zur mög-
lichen Annahme eines uralten Kraters geführt, es müssten
zwischen beiden Ländern grosse Senkungen vorgegangen sein.
Ähnliches lässt sich über die einstigen Verhältnisse der scandi-
navischen Gebirge zu jenen Deutschlands und Polens sagen.
Das Vorhandensein von kleinen Kraterformen ist dadurch nicht
ausgeschlossen, wie z. B. Castendyk es in einer kreisförmigen
Bergreihe zwischen Leine und Weser (N. Jahrb. f. Min. 1856,
S. 673) und Mitscherlich für die Eifel (Zeitschr. deutsch.
Geol. Ges. 1866, B. 18, S. 565) gezeigt haben.

Wenn Granite (Insel Elba), Sienite und Porphyre (Norwegen)
meistentheils auf den Rändern solcher kreisförmigen ehemaligen
Vertiefungen liegen, so kommen die jüngeren Eruptiv-Felsarten
als Trapp, Trachyt und Basalt fast immer gegen ihre Mitte zu
stehen. Die Erzgänge und Lager befinden sich auch meistens
auf den Rändern, ausser denjenigen, welche mit Trapp oder
manchmal selbst mit Sienit zusammenhängen. Dann bemerkt
man in der Verbreitung der jungen Eruptionen besonders zwei
Richtungen, nämlich die eine mehr oder weniger N.—S. oder
meridianartig und die andere mehr oder weniger W.—O. oder
equatorial. So finden wir die erste in den Hebriden, in Central-
Frankreich, in Deutschland, in Italien, in Ungarn, in Siebenbürgen, in Mesopotamien, in Hindostan, in dem hinterindischen

Archipel, in Californien, Ecuador, Peru, Chili u. s. w. Zu der anderen Richtung gehören die vulkanischen Gegenden der Eifel, des Mittelgebirges Böhmens, des südlichen Schottlands von der Clyde bis zur Nordsee, Georgiens und Armeniens, des centralen und östlichen Theiles von Kleinasien, des Tschian-shan-Gebirges, der gewissen Gebirge Mexico's und der vier Republiken Central-Amerika's, Venezuela u. s. w. Diese offenbar fast rechtwinklig sich kreuzenden Richtungen der Eruptionen im allgemeinen sind noch besonders in den deutsch-italienischen Alpen deutlich zu beobachten, wo die Porphyre Süd-Tirols sich N.—S. ausbreiten, während andere sich längs dem Fusse dieser Kette von Piemont bis nach Kärnten zeigen.

Keiner der ziemlich zahlreichen Seleno-Geologen haben die Untersuchung der möglichen Spuren der ehemaligen grossen Erdkratere so weit getrieben, als unser College Herr Feldzeugmeister Ritter v. Hauslab, denn er hat selbst in der Zusammenfassung gewisser Contouren mehrerer Flüsse in manchen Gegenden der Erde sehr regelmässige Kreis- oder elliptische Formen oder wenigstens wegen den später erfahrenen Zerstörungen Theile davon gefunden und vordemonstrirt. Wie in allen Kratern mussten alle Wässer oder das Fliessende aus jenen Vertiefungen ins Meer abfliessen, was dann zum Verschwinden gewisser Theile ihrer Wände Anlass gab. (Siehe einige Details darüber in Bull. Soc. Géol. Fr. 1863, B. 20, S. 243—244.) Was der Herr Verfasser über die Andeutung eines Kraterkreises im nördlichen Savoyen durch den Lauf der Rhône und der Arve sowie durch den Genfer See schrieb, fand eine Art Bestätigung in einer Bemerkung des Herrn Alphonse Favre, welcher jene Plastik als ein primordiales Vulkanicitätsresultat daselbst erkannte (Rep. brit. Assoc. Oxford 1860, S. 78).

In allen Fällen ist es eine orographische Thatsache, welche übersehen, in der physikalischen Geographie nie erwähnt wurde. Dazu kommt noch der Umstand, dass grosse, hohe Gebirge, sowie grosse Erdvertiefungen oder selbst kraterförmige Seen (Chiemsee) mit dem Laufe des Inn und der Saale (Bull. Soc. Géol. Fr. B. 20, S. 244 in jenen mathematischen Kreisen eingeschlossen werden, in welchen der Scharfsinn des Herrn Entdeckers noch

besondere plastische Eigenthümlichkeiten als Corollare graphisch
beweisen kann. Manchmal haben reine Arbeiten der analytischen
Mathematik gewissen Entdeckungen vorgeeilt, welche nur durch
spätere physikalische Experimente gefunden wurden (A m p è r e,
über Elektromagnetismus u. s. w.); in dem gegenwärtigen Falle
aber sind es nur geometrische Untersuchungen, welche ein neues
Feld der orographischen Eigenheiten unseres Erdballes auf-
gedeckt haben.

Merkwürdigerweise zeigen diese theoretischen Ansichten
einige Verwandtschaft oder Verbindung mit denjenigen des Herrn
Prof. S u e s s über Erdbeben. Letzterer wertheste College nimmt
namentlich neben seinen radialen Erderschütterungen eine

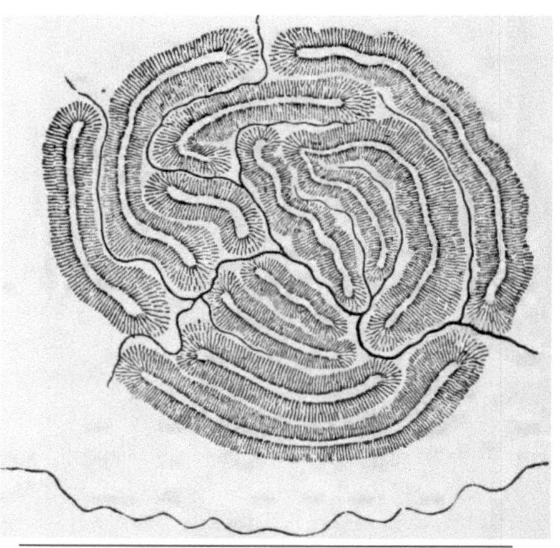

Transversaler Durchschnitt.

andere Classe von solchen Bewegungen an, deren Verbreitung
auf die Annahme einer elliptischen Erdzone mit mehreren theil
weise noch thätigen vulcanischen Mittelpunkten auf ihrer Peripherie hindeutet (Siehe akad. Anzeig. 1873, S. 179).

Herrn Ritter v. H a u s l a b bleibt die Aufgabe, die mannig
faltige Verbindungsart seiner Theorie der von ihm gefundenei

plastischen Erdkreise mit den ehemaligen grossen und kleinen Ur-Erdkratern zu entwickeln und graphisch zu beweisen, was er auch im Sinne hat und hoffentlich bald ausführen wird. Da er mir aber seine Gedanken darüber nicht mitgetheilt hat, so erlaube ich mir die Art auseinander zu setzen, wie ich mir die allmälige Bildung dieses plastischen Verhältnisses vorstelle, wenn man mir dazu die Hypothese von einer langsamen allgemeinen Hebung oder nur einiger Hebung des Bodens oder von einer langsamen Senkung der Oceane erlaubt. Ich wähle das einfachste Beispiel, nämlich eine sehr regelmässige Kreisform, nach welchem man dann die Art der Entzifferung der anderen, weniger leicht zu enträthselnden Formen entnehmen kann: wohl bemerkt, bleiben meine anderen Andeutungen nur Wahrscheinlichkeiten, aber keine Beweise, wie Herr v. H a u s l a b sie uns liefern wird.

Eine solche einfache Form finden wir im g r o s s e n n o r d - f r a n z ö s i s c h e n B e c k e n (siehe Figur), wo nach und nach alle paläozoischen, secundären, tertiären und Alluvialgebilde sich ringförmig abgelagert haben.

Nach der Bildung des ersten Abschnittes dieser Sedimente flossen wie früher die Wässer der damaligen Continente oder Inseln in diese grosse Bucht, aber durch diese ersten Ablagerungen abgehalten, waren sie genöthigt, ihren Lauf zwischen diesen letzteren und dem alten geologischen Felsenufer zu nehmen. Diese Abweichungen des Laufes der Wässer wiederholte sich dann nach jeder grossen Formation oder Gruppen von Formationen und jeder Trockenlegung oder Hebung des Bodens dieser, während nur hie und da dieselben Flüsse durch ihre eigene Kraft oder öfter durch Spaltungen in den Gebilden, durch Klausen, mittelst Erdbeben oder Gebirgserhebungen, sich gerade Lauflinien oder Bette verschafften.

Auf diese Weise entstanden mehre solche kreisförmige Linien, welche man sich vergegenwärtigen kann, wenn man mittelst Compass einige der Wasserläufe mit Geschick zu vereinigen versteht. So kann man, wenn man Paris als ein Centrum ansieht, im östlichen Theile Nordfrankreichs nach einander die Saar, die Mosel, die Maas, die Aire, die Aisne, die Vele, die Marne, die Seine, die Yonne sammt einigen Nebengewässern zu dieser speculativen Arbeit gebrauchen, während im Westen die Oise, die Andelle, die Eure, die Rille, die Touques, die Sarthe, die Orne und die Mayenne sammt anderen kleinen Wasserläufen durch ihre Lage für dieselbe Entzifferung einer längst vergangenen Plastik der Erdoberfläche Frankreichs dienen mögen.

Wir können uns nicht enthalten, im Vorbeigehen zu bemerken, dass solche theoretische Ansichten sehr oft und besonders in dem eben detaillirten Falle ihre wichtigen anthropologischen, ethnographischen, industriellen und selbst strategischen Folgerungen haben, welche den beiden Verfassern der Explication de la carte géologique de la Franee (1840), nämlich den Herren Dufrenoy und Elie de Beaumont nicht entgehen konnten. „L'île de France ayant Paris pour centre est entourée ainsi d'une septuple circumvallation“ schreiben sie (B. 1, S. 25—27): „Paris centre de civilisation“, „le Cantal est le pole opposé“ setzen sie hinzu (S. 24). Nach dem jetzigen Stande der nordöstlichen Grenzen Frankreichs fällt ihr Urtheil auch in die Wagschale der Wahrheit, und auch über die Orte der Schlachtfelder (S. 102 u. Bull. Soc. Géol. Fr. 1841, B. 13, S. 102) liessen sie sich vernehmen.[1] Endlich trennt diese grosse kreisförmige Bucht die Deutschen von den Wallonen, Vlämen, Franzosen und Bretagnern oder Galliern. Ähnliche ethnologische Thatsachen lassen sich in manchen anderen Erdvertiefungen finden, wie z. B. in Nordafrika für die Trennung der Berbern und Araber von den Negern, im westlichen und Centralasien zwischen Russen, Finnen, Mongolen, Tartaren u. s. w.

Sehen wir uns in dieser theoretischen Richtung auf dem Erdball etwas um, so kommen wir zu merkwürdigen Bemerkungen. Erstlich scheint uns in Frankreich der grosse nördliche Krater fast in Berührung mit einem zweiten zu kommen, dessen Peripherie ungefähr durch den Lauf der Loire, Allier,

---

[1] 1. Die Höhen von Langres bis Mézieres über Nancy und Metz. 2. Chatillon sur Seine, Chaumont, Toul, Verdun, Sedan. 3. Bar sur Seine, Bar sur Aube, Ligny, Bar le Duc. 4. Die Argonner Pässe. 5. Valmy, St. Ménéhould Vitry sur Marne, Brienne, Troyes. 6. Laon, Epernay, Chalons, Nogent sur Seine und Montereau.

Vienne, und Glain noch angezeigt wäre, während südlich die grosse ovale Vertiefung der Limagne in der Auvergne liegt und auf dem nordwestlichen Rande des Nordkraters noch ein kleiner durch den Lauf der Orne und Rille angedeutet wird. Für die theilweise Unvollständigkeit dieser Kreise muss man niemals vergessen, welche wesentliche Umänderung im Laufe der Wässer durch spätere Spaltungen oder Hebungen geschehen sein können. Auf diese Weise können Flüsse ihren früheren gebogenen Lauf theilweise oder gänzlich gegen ein gerades Bett vertauschen, was dann die Enträthselung sehr erschwert. In dem kleinen Becken von Rennes oder der Ille et Vilaine in der Bretagne finden wir ein Beispiel eines eben beschriebenen Kraters, dessen Wände sehr gelitten haben, so dass seine Wässer von mehreren Seiten abfliessen.

In Russland und Sibirien beurkunden die Läufe mancher Flüsse das ehemalige Vorhandensein von ungeheuren Kratern. So z. B. wenn man den Pruth mit dem untern Dnieper, den Lauf der Wolga mit demjenigen des Ural, den Lauf der Tobolsk mit dem des Irtisch, denjenigen des Ob mit dem des Jenisey, denjenigen der Lena mit dem des Kolima zusammenfasst. Der Lauf des Amur bildet mit einigen Nebenflüssen zwei Kreise, einer südlich und einer nördlich. Ähnliches bemerkt man auch in Norddeutschland und Polen, in den Donauländern, ebensowohl in Baiern und Oberösterreich als in der Walachei und Bulgarien, wo der Parallellauf so vieler Wässer auffallend ist. In Afrika beschreibt der Niger mit seinen Wässern fast einen Kreis. In Mesopotamien bewässert Euphrat und Tigris einen elliptischen Krater, welcher südlich offen ist und an seinen Rändern mehrere plutonische (Granit) und trachytische Eruptionspunkte zeigt. In Hindostan läuft der untere Ganges mit seinen Zuflüssen in einer elliptischen kraterähnlichen Vertiefung, welche auf der Südostseite offen ist und von der nordwestlichen erst in sehr junger Zeit von der Penschab- oder Indus-Ebene getrennt wurde. Man könnte fast Ähnliches von dem unteren Irawaddi und Kambodge, von dem blauen und gelben Flusse, sowie von dem Si-kiang in China sagen und selbst auch in der Gobi mehrere ältere Kraterformen suchen.

Endlich in Amerika stellen sich die Becken des Mississippi, Amazonen- und La Plata-Stromes wieder als ungeheure kraterförmige Niederungen, welche besonders in letzterem gegen den Atlantik ihre Ränder gänzlich einbüssten, indem mehrere kleinere Kraterformen auf einigen ihrer bedeutenden Zuflüsse auch herauszugrübeln wären, wie z. B. zwischen dem Missouri und Mississippi zwischen dem Esequito, Brano, Rio Regro und Obidos, zwischen dem Rio Negro und Camarones in Patagonien u. s. w.

Appendix I.

Über den Hydro-Metamorphismus gewisser Granitbildungen. Scrope (Poulett), Volcanos 1825 u. 1862, S. 252. Elie de Beaumont, Soc. philomat. de 1839, 4. Mai. Scheerer (unter Druck) Bergm. Verein in Freiberg. 29. Febr. 1848. Bull. Soc. géol. Fr. 1817, N. F. B. 4, S. 475—495, N. Jahrb. f. Min. 1853, S. 203. Sorby (H. C.), doppelter Ursprung des Granit, wie Scrope, Elie de Beaumont und Scheerer. Edinb. N. phil. J. 1852, N. F. B. 7, S. 372; C. R. Ac. d. S. 1858, Bd. 46, S. 146; N. Jahrb. f. Min. 1861, S. 371. Hunt (Sterry) Amer. J. of Sc. 1858, 2. F. Bd. 25 S. 435, 1831, 3 F. B. 1. S. 182; Delesse, Bull. Soc. géol. J. 1853, B. 9, S. 464, 1858 Bd. 15, S. 768, 1859 B. 16. S. 119, Rech. sur le granite 1866. Deville (Ch. St.-Claire), Ann. d. Ch. et Phys. 1860, 3. F. B. 59, S. 74. Haughton (Sam.), J. geol. Soc. Dublin 1862, B. 9. S. 367. Ebray (Th.), Bull. Soc. géol. Fr. 1863, B. 21, S. 73. Forbes (David), Geol. Mag. 1867, B. 4, S. 49.

Appendix II.

Buckland, Beschreib. des Kingsclere-Thales (Trans. geol. Soc. de 1826, 2. S., B. 2, S. 119. Sedgwich, Anticlinische Linien in den Grafschaften Carnavon und Merionett (Phil. Soc. Cambridge 1833, 11. März, L'Institut 1833, S. 11). Martin, Anticlin. Linien zwischen d. Londner und Hampshire-Becken (Mem. on a part of West-Sussex 1827). Phil. Mag. 1851, 4. F. B. 2, S. 41—47, 1854, B. 7, S. 166, 1856, B. 12, S. 447. Haugthon, Irland (l. Dublin geol. Soc. 1858, B. 8, S. 81). Gaudin in Ramine unter Lausanne (Bull. Soc. vaud. Sc. nat. 1861, B. 6, S. 418 und separat 1869). Posepny, Quarzit in anticlin. Lager zu Drietoma, Trentschin (Jahrb. geol. Reichsanst. 1864, B. 14, Abh. S. 51). Whitney, Anticlin. Axe in der Santa Monica-Kette in Californien (Geol. Survey of California 186,5 B. 1, N. Jahrb. f. Min. 1866, S. 614). Holl (Harvey), nördl. Devonshire und östl. Cornwallis (Phil. Mag. 1868, 4. F. B. 16, S. 158). Weston (Mendip), (dto. B. 37, S. 150). Wynne, Tilla-Berg Penjab (Geol. Mag. 1871, B. 8, S. 127).

Appendix III.

Studer, Nummulitenkalk unter Flisch mit Fucoiden und Belemniten (Act. helvet. Ges. Basel 1838, S. 108. Bibl. Genève 1849, B. 11, S. 120). Wissmann, Geneigte Molasse unter Gurnigelsandstein (N. Jahrb. f. Min. 1841, S. 362). Emmons, Überstürzung des ganzen primordialen Systems

(Taconic System 1844, S. 17, Bull. Soc. Geol. Fr. 1860, B. 18, S. 261). S t u d e r,
Gneiss über Nummulitenkalk, Berner Oberland (ddo. 1846, B. 4, S. 213).
M u r c h i s o n, Jurakalk über eocenem Flisch, Glaris (Q. J. Geol. Soc. L. 1849,
B. 5, S. 246). C o t t a, Muschelkalk auf Keuper, Mosenberg bei Eisenach
(N Jahrb. f. Min. 1851, S. 50). B r u n n e r, Neocomien und grüner Sand auf
Kreide, Grütli, und untere Kreide über Eocän im Pilatusberg, Nagelfluh,
bedeckt durch Nummulitenkalk am Rigi und durch Neocomien am Thuner
See und bei Sentis (Bibl. univ. Genève, Archiv 1852, 4. F. B. 21, S. 8). Major
V i c a r i, Umgekehrte Lage aller Felsarten von knochenführendem Tertiär
bis zum krystallinischen Gestein des Himalaya von Umbella bei Sabadhu
(Brit. Assoc. 1852). Z o l l i k o f e r, Tertiär, durch ältere Gebilde bedeckt,
Berg Miasma bei Bergamo (Bericht d. 32. Vers. deutsch. Naturf. in Wien
1856, S. 10). A l b. M ü l l e r, Im Basler Jura (Verh. naturf. Ges. Basel 1859,
B. 2, S. 348). G ü m b e l, Gneiss über dem Culm im Münchberge (Fichtel-
gebirge) (N. Jahrb. f. Min. 1863, S. 318—333). W h i t a c k e r, Überstürzung,
Whitecliff bei Insel Wight (Geol. Mag. 1864, B. 1. S. 69). L e y m e r i e,
Kreidelager un ter Jurakalk, Herault (Bull. Soc. Geol. Fr. 1867. N. F. B. 24,
S. 311). M o j s i s o v i c s u. S c h l ö n b a c h, Lias auf Kreide und Tertiärem
am Fusse des Traunstein (Verh. d. geol. Reichsanst. 1868. S. 213). Z i t t e l,
Central-Apenninen (Bull. Comit. geol. d'Italia 1870, N. 1). W o o d w a r d,
Kohlenkalk in Somersetshire (Geol. Mag. 1871, B. 8, S. 149). B e r t r a n d
d e L o m, Considerat. concernant u n fait d'interversion géologique, phéno-
mène unique en son genre. Le Puy. 1870. 8⁰.

Appendix IV.

Braun- und Holzkohle durch Basalt verändert oder in Anthracit ver-
wandelt — im Meissner. S c h a u b (Phys. min. Beschreib. d. Meissner, 1799).
C o r d i e r (J. de Phys. 1806. B. 63, S. 234), vom H o ff. Mag. Berl. Ges.
Naturl. Fr. 1811, B. 5, S. 347. H o f f m a n n (Gilbert's Ann. 1823, B. 75,
S. 323). B r o n g n i a r t (Desc. géol. des envir. de Paris 1835. S. 212). L a -
s a u l x (Pogg. Ann. 1820, B.41, S.341). N ö g g e r a t h, Siebenberge (Jahrb.
f. Min. 1832, B. 81, S. 212). Prismatisch, Utweiler bei Siegen (Karsten's u.
Arch. f. Min. 1832, B. 5. S, 148). E r b r e i c h, Westerwald (ebd. 1836, S. 3).
S t r i p p e l m a n n, Habichtswald (N. Jahrb. f. Min. 1840, S. 370). D i d a y,
Moulinières, Provence (Ann. de min. 1847, 4. F. B. 11, S. 409). B o y e r,
Ile Bute (Phil. Mag. 1849, 3. F. B. 35, S. 81). S c h m i e d, Bischoffsheim
(N. Jahrb. f. Min. 1852. S. 53.) L a s a u l x, Lava des Roderberg (ebd. 1869,
S. 491). Holzkohle mineralisirte durch Pechstein bei Zwickau (D e l e ss e, Rec.
de Geologie 1871. B. 7, S. 327). Kohle in Asche neben Trapp verwandelt
(C o n y b e a r e u. B u c k l a n d zu Fairhead (Irland) Fr. Geol. Soc. L. 1816, B. 3,
S. 206). Veränderungen der Kohlengattungen in Anthracit, prismatischen Coke
oder selbst in Graphit. Veränderungen, Collegno Toscana (Bull. Soc. Geol.
Fr. 1842. B. 13, S. 314). G r u n e r (ebd. N.F. B. 23, S. 96). D e l e s s e (Zeitschr.
deutsch. geol. Ges. 1857. B. 7, S. 527). R o g e r s, N.-Amerika (Brit Assoc.

1860). Kohle in Anthracit neben plutonischen Gesteinen Vanuxem, Middle-
ville (Amer. J. of Sc. 1841, B. 40, S. 83). Martins, Allier (Bull. Soc. Geol. Fr.
1850, B. 8, S. 10) u. Saone et Loire. Rogers (Report. brit. Assoc. J. 1860).
Braunkohle in Anthracit neben Phonolit (Reuss, Böhmen, Mittelgebirge,
Karsten's Arch. f. Bergb. 1829, B. 18, S. 203). Kohle in prismatischem An-
thracit neben Porphyr. Steffens, Waldenburg (Kastner's Archiv 1828,
B. 15, S. 153). Goeppert, Waldenburg (Harlem. Natuurk. Verh. 1848.
2. F. B. 4. S. 107). Esquerra del Bayo (N. Jahrb. f. Min. 1834, S. 401.
Braunkohle in prismatischem Anthracit und Coke neben einem Basaltgang
im Hirschberg bei Gross-Almerode (Gebirge im Rheinland u. Westphalen,
B. 3, S. 275). Kohlen als prismatischer Coke neben Trapp zu Newcastle u.
T. (Boué, Essai sur l'Ecosse 1820, S. 369). Taylor (Tr. geol. Soc. L. 1817,
B. 4, S. 448. Trevelyan, Tr. geol. Soc. L. 1828. N. F. B. 2, Th. 3). Rogers.
Virginien (Amer. J. of Sc. 1842, B. 43, S. 175). Daubrée (C. R. Ac. de Sc.
P. 1844, B. 19, S. 126) bei Priesen in Böhmen (Augsburg. allg. Zeit. 1850.
Beilage Nr. 232). Phipson (Geologist 1859, B. 2. S. 162). Keene, Neu-
Süd-Wales (Delesse, Rev. d. Geolog. 1861. S. 128). Ostrau (Mähren) (Geologist
1861. B. 4, S. 517). Breithaupt, Prismatischer Anthracit zu Wurzbach
(Lobenstein Zeitschr. f. Min. 1827. S. 47). Kleszczynski, Przineos (Jahrb. d.
geol. Reichsanst. 1862, B. 12, Sitz. S. 19). Gümbel, Prismatischer Cokeneben
einem Augitporphyr zu Mährisch-Ostrau (Verh. d. geol. Reichsanst. 1874,
S. 55). Kohle, in Graphit durch feldspathischen Trapp verwandelt zu Adros-
san u. Alt-Cumnock in Schottland, wo der Graphit zugleich prismatisch abgesondert erscheint Boué, Essai sur l'Ecosse 1820, S. 171—172. Von Dechen
u. Oeynhausen neben Dioritporphyr, Borrowdale Karsten's Arch. f. Min.
1830, B. 2, S. 215). Anthracit. theilweise in Graphit neben Spilit des Col du
Chardonet verwandelt. Elie de Beaumont (Ann. de Sc. nat. 1828. B. 15,
S. 378). Studer, Geologie der Schweiz (1851, B. 1, S. 81. Veränderter Kalkstein mit Graphit neben einem Granitgang (Rogers, Report on New-Jersey
1844. S. 73). Kohle in Schwefelkieslager neben Trapp verwandelt. Craig zu
Arkleston, Glasgow (Proc. geol. Soc. L. 1841, B. 3, Th. 2, S. 415).

Appendix V.

Beweise, dass Hitzwirkungen die Schichtung und Structur gewisser
Felsarten, ungefähr so wie der Sandstein in einem Hoch- oder selbst Kalkofen,
verändern: Hollunder Kastner's Archiv 1825, B. 4, S. 125). Prismatische
Abtheilungen. Beispiele: Tertiärsandstein neben Basalt auf der Insel Bombay
(Clarke, Q. J. Geol. Soc. L. 1847, B. 3, S. 221); Trias-Sandstein, Vogelsberg,
beim Basalt (Klipstein, Kastner's Arch. 1828. B. 15, S. 474; Fischer, Verh.
d. geol. Reichsanst. 1872, S. 43—46). Kohlensandstein neben Grünstein, Natal
(Hübner, Petermann's geogr. Mitth. 1869, S. 297). Zu Dunbar, in den Islen
Arran und Rum (Macculloch, Quart. J. of Sc. 1831. A. F. V. 28, S. 247).
Säulenförmiger Sandstein bei Budingen neben Basalt (Klipstein N. Jahrb.
f. Min. 1834, S. 632; Tamnau, Zeitsch. deutsch. geol. Ges. 1858, B. 11, S. 16).

Reichel, die Basalt- und säulenförmigen Sandsteine der Zittauer Gegend
(1852). Halbverglaster bunter Sandstein durch Basalt, Vogelsgebirge (Althaus, Klipstein, N. Jahrb. f. Min. 1832, S. 218). Fulda (Althaus, ebd. 1842,
S. 275). Halbverglaster Schiefer neben Porphyr, Vogesen (Fournet, Bull.
Soc. Geol. Fr. 1846, B. 4, S. 234). Halbverglaster quarziger Tertiärsandstein durch Basalt (Wissmann, N. Jahrb. f. Min. 1838, S. 533). Russ-
egger, Egypten (Reisen 1841, B. 1, S. 273). Durch Basalt verglaster Sandstein (Raspe, Beiträge zur allerältesten Hist. v. Hessen 1774, S. 71).
Brandis (Götting. Mag. 1785, S. 146). Durch Basaltlava verglaste Grau-
wacke, Roddenberg in der Eifel und Glimmerschiefer in Kammerbühl
(Leonhard, N. Jahrb. f. Min. 1836, S. 742). Prismatisch abgetheilter paläozoischer Schiefer neben Porphyren in den Vogesen (Fournet, Bull. Soc.
Geol. Fr. 1846, N. F. B. 4, S 234). Prismatische Thonarten neben Basalt,
Vogelsgebirge (Klipstein, Zeitsch. f. Min. 1826, B. 1, S. 496); neben Trapp,
Tidewelldale, Derbyshire (Brown, Geol. Mag. 1870, B. 7, S. 587; Mello,
Q. J. Geol. Soc. L. 1870, B. 26, S. 701). Prismatischer verglaster oder halb-
verglaster Sandstein durch Basalt (Möhl, deutsch. Naturf. Vers. Rostock
1871, Tagebl. S. 96). Veränderter Granit im Basalt von Marienbad (Cotta,
N. Jahrb. f. Min. 1844, S. 556). Tertiärer Thon neben plutonischem in
Linsenformen abgetheilt, Almeria (Ramon Pellico, Ann. d. Mines 1842,
4. F. B. 2, S. 299). Tertiäres, durch Basalt verändert, Mandelslohe auf
der Alb (20. deutsch. Naturf. Vers. Mainz 1842, S. 123). Tertiärer Sandstein
mit Arca Dilnvii verändert neben Diorit, Java (Junghuhn, N. Jahrb. f.
Min. 1851, S. 73).

Appendix VI.

Verschiedene Sandsteine und Schiefer mit krystallisirten Mineralien
neben Eruptiven. Sandsteine mit Feldspathkrystallen. Taviglianer Sandstein. Sandstein mit Hexagonal-Glimmerkrystallen neben feldspathischen
Felsarten (Gruner, Fragny (Loire), Ann. d. Min. 1841, B. 19, S. 122).
Sandstein mit Epidot neben Trapp (Agassiz, Obersee, Amer. J. of Sc.
1848, N. F. B. 6; N. Jersey Rogers Rept. Geol. of N. J. 1836, S. 149; Vir-
ginia Americ. Assoc., 1848). Granate im verhärteten Schieferthon der
Kohlenformation neben Trapp, Anglesea (Henwood Trans. phil. Soc. Cambridge 1822, B. 1, Th. 3, S. 359). Augitkrystalle im Thonschiefer neben
Porphyr (Krantz, N. Jahrb. f. Min. 1834, S. 530). Granatbildung in Schiefer
(Zeitsch. f. Min. 1825, B. 2, S. 382). Schiefer mit krystallisirten Mineralien
neben Sienit, Vogesen (Fournet, Bull. Soc. Geol. Fr. 1846, B. 4, S. 233).
Thonschiefer mit Paradoxiden und Epidot verändert neben Sienit bei
Boston (Jackson, C. R. Ac. d. Sc. P. 1856, B. 43, S. 883.) Thonschiefer
mit Chiastolith u. s. w. unfern Granit, Pyrenäen. Thonschiefer mit Glimmer
neben Granitgängen, Christiania (Scheerer). Thonschiefer mit Feldspathkrystallen neben Diorit, Jersey (Transon, Bull. Soc. Geol. Fr. 1851,
B. 9, S. 84). Glimmerschiefer mit Schorl neben Granitgänge, Nantes

(Boné, Ann. Sc. nat. 1824. B. 2, S. 390). Gneiss mit Staurolith, Disthen
Andalusit unfern Granit. Kalkstein mit Actinot und Conseranit neben
Ophiten, Ariége, Mussy (Bull. Soc. Geol. Fr. 1868, 2. F. B. 26, S. 54). Kalkstein des Lias, verändert mit Feldspathkrystallen neben Granit. St.
Christoph (Rozet, L'Institut 1840, S. 58). Körniger Kalkstein mit Cala-
mopora und Grammatit, Norwegen (Naumann, Beitr. z. Kenntn. Nor-
wegens 1823, B. 1, S. 12). Detto mit Amphibole, Finnland (Leonhard,
Jahrb. f. Min. 1830, S. 47). Detto mit Idokras neben einem Trappgang
(Greenough, N. Jahrb. f. Min. 1836, S. 701). Dolomit und magnesia-
hältiger Kalkstein mit Albitkrystallen (Descloizeaux, Bull. Soc. Geol. Fr.
1861, B. 18, S. 804). Detto, Bourget zu Bramars (Savoyen) (Delanone, ebd.
S. 751). Kalkstein mit Albit, Sismonda, Modane (1861). Detto, Col du
Bonhomme.

Appendix VII.

Verkieselung, Macculloch, West. Island 1819. Fournet (Ann. d.
Chem. u. Phys. 1835, B. 60). Studer, Davis (Schweiz. Naturf. Denksch. 1837).
Durocher (Bull. Soc. Geol. Fr. 1846, N. F. B. 3, S. 598—606). Coquand,
Toscana (ebd. 1845. Fournet, im Trias (ebd. B. 4, S. 247). (Mehr ein
Product der kieselhältigen Thermalwässer). Thonschiefer in Kieselschiefer
verwandelt (Coquand, Bull. Soc. Geol. Fr. 1841, B. 12, S. 322). Kiesel-
schiefer, Hornschiefer neben Granit (von Buch, Tasch. f. Min. 1824, B. 18,
Th. 3, S500). Veränderter, verhärteter Kohlenflötz-Sandstein neben Trapp,
Macculloch (Stirling, Trans. geol. Soc. L. 1814, B. 2, S. 305 u. 1817, B. 4,
S. 220; Silliman, Amer. J. of Sc. 1829, B. 17, S. 123. 1831, B. 20, S. 170).
Rother Sandstein in Hornstein durch Trapp verwandelt (Buckland, Tr.
geol. Soc. L. 1816, B. 3, S. 200). Veränderter Kohlensandstein durch Mela-
phyr, Schmalkalden (Philippi, N. Jahrb. f. Min. 1843, S. 594). Veränder-
ung der Schiefer neben Granit, Vogesen (Fournet, Bull. Soc. Geol. Fr.
1846, B. 4, S. 230). Detto durch Porphyr (ebd. S. 233). Detto zu Ternuay
(Delesse, Ann. d. Min. 1841, N. F. B. 12, S. 305. Detto durch Prasophyr.
Servancethal (Virlet, Bull. Soc. Geol. Fr. 1846, B. 4, S. 293). Silurischer
Sandstein in Quarzit neben feldspathischen Felsarten verwandelt (Murchison, Silur. Syst. S. 283). Veränderung des Thonschiefers durch Basalt zu Nau-
roth (Leonhard, Tasch. f. Min. 1823, B. 17, Th. 3, S. 640). Metamorphismus
des Alaunschiefers, Schweden (Forchhammer, Brit. Assoc. 1844). Zer-
fallene und erdige Thonschiefer neben Amphibolit, Angers (Rivière,
Bull. Soc. Geol. Fr. 1841, B. 13, S. 16). Veränderte untere silurische Felsarten durch sienitische und porphyritische Massen (Murchison, Steens-
fjord, Q. J. geol. Soc. L. 1845, B. 1, S. 470). Jaspisartig veränderter
Kohlenschieferthon neben Trapp (Conybeare u. Buckland, Tr. geol.
Soc. 1816, B. 3, S. 205). Macculloch (detto). Boné, Schottland, Essai
sur l'Ecosse 1820 (S. 246). Veränderter Schiefer als Porcellanit in einer
Ausdehnung von 12 Fuss neben Trapp (Murchison, Silur. Syst. 1839,

S. 275). Veränderter Sand- und Schieferstein in jaspisartigen Massen neben
Trapp (Jackson, Amer. J. of Sc. 1839, B. 36).

Appendix VIII.

Kreide in Marmor neben Trapp, Berger unfern Belfast u.s.w. (Trans.
geol. Soc. L. 1816, B. 3, S. 172; Ehrenberg, Ber. d. k. preuss. Akad.
1855, S. 9). Alpenkalkstein durch granitische Felsarten verändert (Delesse, Bibl. univ. Genève Archiv. 1858, 5. F. B. 1, S. 311). Kalkstein
neben Trapp in weissen Marmor verändert (Jackson, Maine, Amer. J. of
Sc. 1839, B. 36). Caradoc-Kalkstein mit Orthis u. s. w. metamorphosirt
neben Trapp (Morris, Geologist 1858, B. 1, S. 215). Veränderter silurischer Kalkstein mit Mineralien neben Granit, Vogesen (Fournet, Bull.
Soc. Geol. Fr. 1846, N.F. B. 4, S. 231). Versteinerungsvoller, blauer, paläozoischer Kalkstein neben Doleritgängen verändert (Hunt, Montreal, Amer.
J. of Sc. 1864, N. F. B. 38, S. 183). Veränderter Muschelkalk, Rätifluh-Circus
und zu Bruck (Metz) (Lejeune, Bull. Soc. Geol. F. 1838, B. 9, S. 362). Muschelkalk neben Melaphyr verändert (von Bibra, Grettstadt, N. Jahrb. f.
Min. 1840, S. 550). Muschelkalk, dichter Marmor mit Predazzit neben
Granit (Marzari, Predazzo; J. d. Phys. 1821, B. 93, S. 257). Kalkstein
mit Versteinerungen in Marmor neben Granit verwandelt (Dr. v. Rath,
Insel Elba, Berggeist, 1864, Nr. 94). Veränderter Kalkstein neben Granit
(Haughton, Carlingford's Island, Manual of Geology 1865, S. 85). Körniger Kalkstein neben Granit (Boué, Pyrenäen; Ann. Sc. nat. 1824, B. 2.
Rilodagh, Türkei). Detto neben Sienit und mit Mineralien (Maccul-
loch, Glentilt; Tr. geol. Soc. L. 1816, B. 3, S. 259). Detto (Macculloch,
Insel Sky; Desc. of the West. Islands 1819). Detto Rancié, Pyrenäen. Du-
frenoy (Ann. d. Min. 1834, 3. F., B. 5, S. 336). Auerbach, Hessen-Darm-
stadt. Oeynhausen, Rheingegend-Beschreib. Detto mit Idocrasen u.s.w.
(Klipstein, Manzoni, östl. Alpen. 1843, S. 85). Detto mit Feldspath
und Petrefacten in Canada (Bonnycastle, Amer. J. of Sc. 1830, B. 18,
S. 103; 1836, B. 30, S. 24). Detto mit Granat, Amphibolen und Petrefacten
neben Granit, Christiania (Mitscherlich, C. R. Ac. Se. P. 1844, B. 19,
S. 625, u. N. Jahrb. f. Min. 1845, S. 352). Detto mit Idocras, Granat und
Grammatit, Norwegen (Brunner, Mith. Naturf. Ges. zu Bern, 1846, N. 57.
Ed. n. phil. J. 1848, B. 44, S. 301). Detto mit Idocras, Szaczka, Banat.
Körniger Kalkstein mit Corallen, Couladoux, Pyrenäen (Coquand, C. R.
Ac. d. Sc. P. 1838, B. 6, S. 334). Metamorphischer Kalkstein mit Petre-
facten (Hitchcock, Canada. Amer. J. of Sc. 1871, 3. F. B. 2, S. 148).
Körniger Kalkstein mit Belemniten in Meyenthal, Uri (Escher, N. Jahrb.
f. Min. 1845, S. 557). Körniger Kalkstein mit Idocras neben Porphyr
(ebd. 1852, S. 603). Veränderter Kalkstein mit Epidot, Magneteisenstein
und Lithodendron, Petrosz (Peters, Ak. Sitzber. 1861, 1. Abth. B. 44,
S. 97). Körniger Kalkstein mit vielen Mineralien, Canada (Hunt, Explorat.
geol. du Canada 1863—66, S. 206). Epidotit neben Porphyr, Hochland
(Lemberg, N. Jahrb. f. Min. 1867, S. 730).

Appendix IX.

Liasmergel mit Ammoniten verhärtet, jaspisartig unter Basalt (Richardson, Kirwan, Portrush, Irland. Tasch. f. Min. 1809, B. 3, S. 178; Conybeare u. Buckland, Tr. geol. Soc. L. 1816, B. 3, S. 218; Boné, Essai s. l'Ecosse 1820, S. 381). Liasmergel mit Petrefacten unter den Basaltstrom, Duntulm, Trotternish, Insel Skye (Trans. geol. Soc. L. 1816, B. 2, S. 98, Macculloch, West. Islands, 1820, B. 1, S. 346 u. 355). Detto beim Riesendamm, Irland. Liaskalk mit Petrefacten als Marmor neben Sienit (Macculloch, Insel Sky, Tr. geol. Soc. L. 1816, B. 3, S. 41). Krystallinische Schiefer mit Petrefacten: Talkschiefer mit Belemniten und Austern im goldführenden Theil ober Feldsperg, Chur (Studer, Zeitsch. f. Min. 1827. S. 27). Silurische Schiefer mit Chiastolith, Orthis und Trilobiten, Rennes (Puillon-Boblaye, Ac. Sc. P. 1838, 5. Febr. L'Institut 1838, S. 747. Schiefer mit Chamoisit, Magneteisenstein, Spirifer, Orthis und Calymene bei Rohau, Bretagne (ebd. Soc. philomat. Pr. 1839, S. 23). Ähnliche Thatsache (Elie de Beaumont, ebd. 1839, S. 24, und Durocher, Bull. Soc. Geol. Fr. 1846, N. F. B. 3, S. 547). Ottrelite und Trilobeten in einem Thonschiefer (Descloizeaux. Ann. d. Min. 1842, 4. F. B. 2, S. 357). Paradoxiden in verändertem Schiefer, Massachusetts (Rogers. Edinb. phil. J. 1856, N. F. B. 4, S. 501). Calamopora spongites mit Axinit in einer paläozoischen Felsart, Rothau, Vogesen (Daubrée. C. R. Ac. S. P. 1844, B. 18, S. 870). Glimmerschiefer mit Belemniten. Schweiz (Scheerer, B. u. Hüttenw. Zeit. 1854, S. 21). Glimmerschiefer mit *Favosites Gothlandica*, Maine (Hischcock. Amer. J. of Sc. 1863, N. F. B. 36, S. 274). Detto mit Petrefacten, östl. Massachusetts J. of Canad. Instit. 1857, N. F. N. 7, S. 49). Porphyritischer Trümmerschiefer mit Feldspathkrystallen und Homalonotus, Rennes (Dechen, Karsten's Arch. f. Min. 1845, B. 19, S. 419). Chloritschiefer mit Magneteisenstein u. Orthis, Hirschberg, Baiern (Gümbel, N. Jahrb. f. Min. 1864, S. 460. Thon und Glimmerschiefer mit Belemniten, Furka-Pass (Lardy, ebd. 1844, S. 182). Glimmerschiefer mit Granaten, Glimmer, Feldspathkrystallen u. Belemniten, Crinoiden, Fucoiden? Novane und Pass Nufenen (Desor, Bull. Soc. Geol. Fr. 1846, N. F. B. 3, S. 539). Detto (Escher, N. Jahrb. f. Min. 1842, S. 281). Kalkstein mit Belemniten unter den recht krystallinischen Glimmerschiefer. Pass du Bonhomme, Tarentaise (Collegno, Ann. Sc. geol. Riviére 1842, S. 485). Lepidodendron in Cipolinkalkstein des Gneiss mit Granat u. s. w. (Cresc. Montagna (Ausland 1869, Nr. 3). Steinkohlen-Pflanzenabdrücke in Schiefer der Glimmerschieferreihe zu Manno bei Lugano (Studer, N. Jahrb. f. Min. 1872, S. 626). Equisetum in einem feldspathischen Gneiss bei Serrago, Brianza (Sismonda, Mem. Ac. Sc. Torino 1865, N. F. B. 23, S. 492, Taf.). Sehr bituminöser Glimmerschiefer und Gneiss in Wermeland, Schweden (Igelström, Geol. Mag. 1867. B. 4, S. 160; Knuth, Ofver k. Vet. Acad. Forh. St. 1867; Nord-Schottland, Anderson, Edinb. J. of Sc. 1820, B. 4, S. 93). Graphitführender Gneiss,

Jameson, Schottland nördl. d. caledonischen Canals (Edinb. phil. J. 1831,
B. 9, S. 266). Detto in den Vogesen (Elie de Beaumont, Explicat. cart.
geol. d. Fr. 1841, B. 1, S. 315). Detto Böhmen (Chevalier, Ann. d. Mines,
1842, 4. R. B. 1, S. 576); bei Passau längst bekannt (Hunger, Tasch. f.
Min. 1809, B. 3, S. 190); im nordöstlichen Sibirien (Aliber. Gornoi J. 1855,
B. 1, S. 162. Erman's Arch. f. wiss. Kunde Russl. 1865, B. 24, S. 434 u. 639;
im Amur, Gust. Radde, Reise nach Ostsibirien, 1861, auf Ceylon, Edinb.
phil. J. B. 13, Ausland 1870, S. 456; im Glimmerschiefer des Var (Coquand, Mém. Soc. géol. Fr. 1850, B. 1, S. 295).

Appendix X.

Eozoon in krystallinischen oder körnigen, oft serpentinhaltigen Kalk-
steinen in Canada: Dawson, J. W., Amer. J. of Sc. 1864, B. 38, S. 231 u.
1867, B. 43, S. 230, 1868, B. 46, S. 245; Q. J. geol. Soc. L. 1865. B. 21,
S. 51. Logan, Canada, geol. Survey (Hunt [J. Sterry] Amer. J. of Sc. 1864,
N. F. B. 37, S. 431, Q. J. geol. Soc. 1865, B. 21, S. 67; Ramsay, Roy. Instit.
L. 1865, B. 4, S. 374. In Finnland: Pusirevski, Bull. Ac. Sc. St. Petersb.
1866, B. 10, S. 151. In Irland: Sandford, Geol. Mag. 1865, B. 2, S. 87;
Murchison, ebd. 1865. S. 147; Jones (J. Rupert), N. Jahrb. f. Min. 1865,
S. 63. In Sachsen: Gümbel, ebd. 1866, S. 579. In Böhmen: v. Hoeh-
stetter, Ak. Sitzb. 1866, B. 53, S. 14; Fritsch, Böhmens Durchforschung
1867, B. 1, S. 245; Hoffmann, ebd. 1869, S. 252. In den Alpen und Pyre-
näen: Lapparent, Bull. Soc. Geol. Fr. 1868, N. F. B. 25, S. 561. In Baiern,
Passau: Cotta, B. u. Hütt. Zeit. 1866, S. 251; Carpenter, Q. J. geol. Soc.
L. 1866, B. 27, S. 219—228. Amer. J. of Sc. 1867. B. 44. S. 374; Dana,
ebd. B. 40, S. 393. In Massachusetts: E. Bickwill, Bull. Essex. Instit.
Salem 1869—70, B. 1, S. 141; Burbank, Americ. Naturalist, Salem 1871,
B. 5, S. 553; Perry, Amer. Associat. Indianopolis 1871, N. 21. Zu
Saratoga, N. Y.: Milne Edwards, Q. J. geol. Soc. L. 1871. B. 8, S. 418.
Willer, Proc. Lyc. nat. Hist. N. Y. 1871, B. 1, S. 89.

Addenda. Anthracitführende Schiefer in Gneiss verwandelt. Lory,
Westl. Alpen (Bibl. univ. Genève 1874, 4. F., B. 49, S. 89. Glimmerschiefer
das älteste Gebilde u. s. w. und die Schieferhülle der Alpen. Stur, Geolog.
Steiermarks 1872. Circular- Gebirge. S. 36. Guedberg on Cirklersberg-
ring Christiania 1861. Elbthal zwischen Aussig und Dresden, Pirna, Magda-
lena-Bucht Spitzbergen. Drasche (Verh. k. k. geol. Reichsanst. 1873,
S. 262). Überbleibsel der feuerflüssigen ersten Erdkruste (Boué, Ann. Sc.
nat. 1824, B. 2, S. 415—417).